T0054724

PAZ

Literaturas

PAZ

Richard Bausch

Traducción de Luis Murillo Fort

los libros del lince

Diseño de cubierta: Lucrecia Demaestri
Diseño de interior y edición: BSK
Fotografía de cubierta: © Bert Hardy/Getty Images

Fotocomposición: gama, sl
Impresión y encuadernación: Thau, S.L.

Primera edición: abril de 2010

Enrique Granados, 135, ático 3.ª
08008 Barcelona
www.loslibrosdellince.com
info@loslibrosdellince.com

ISBN: 978-84-937562-5-3
Depósito legal: B. 4347-2010

Impreso en España / *Printed in Spain*

Con cariño, para Ann Marie Bausch y Wesley Bausch,
que fueron los primeros en leer estas páginas,
y a la memoria de mi amado padre, Robert Carl Bausch,
que sirvió valientemente en África e Italia

Agradecimientos

A George Garrett, con mi mayor admiración, amor y gratitud, por insistir a lo largo de casi veinte años en que escribiera esta historia.

He aquí la luna,
que asciende redonda y plateada por el este,
hermosa...

Y mi corazón, ¡oh, mis soldados veteranos!,
mi corazón os da su amor.

Walt Whitman
«Canto fúnebre por dos veteranos»
(Redobles de tambor)

Pese a todo caminaban, poniendo un pie delante del otro, con las carabinas apuntando al suelo para que el agua escurriera, e intentando, pese a la congoja y el aturdimiento —y la extenuación— estar ojo avizor. Era el cuarto día seguido que llovía, un aguacero helado, sin viento y sin la menor variación en su caída. En la inmundicia de la carretera se formaban riachuelos de hielo que hacían la marcha peligrosa. Sentían ardores y calambres en las piernas, y a ninguno le sobraba el aire. Todos ellos eran testigos, pensaba Robert Marson. Y nadie se atrevía a mirar a la cara a nadie. Seguían adelante, y sobre la marcha recibían la penitencia. El hielo vidriaba los cascos, se pegaba a los cuellos de las guerreras; la lluvia se filtraba por todas partes y los calaba hasta los huesos. Estaban en algún punto cerca de Cassino, pero costaba de creer que aquello fuese Italia siquiera. Sin saber cómo, habían ido a meterse en el reino de un frío que empapaba, en un iceberg de muerte. Ahora todo cobraba importancia.

Los italianos estaban acabados y los alemanes en plena retirada, dedicados a acciones dilatorias, cediendo terreno muy lentamente, haciendo escaramuzas, procurando que cada palmo de terreno cedido lo fuera a costa de tiempo y de sangre, y había patrullas de reconocimiento avanzando de sur a norte a todo lo largo del frente, rumbo a la incertidumbre de dónde podían estar los alemanes, ya fuera huyendo o emboscados.

Marson, con una poderosa sensación de náusea, apenas si podía seguir el paso de los dos hombres, ambos nuevos, que le precedían. Se llamaban Lockhart y McCaig, y ellos a su vez iban un poco rezagados respecto a otros cuatro: Troutman, Asch, Joyner y el sargento Glick. Siete hombres. Seis testigos.

Las órdenes eran seguir hasta encontrar al enemigo; después se suponía que había que desandar el camino, preferiblemente sin ser vistos. Pero el enemigo tenía patrullas similares, de modo que «reconocimiento» quería decir también avanzar hasta que te disparaban. Por si fuera poco, era una patrulla de a pie. Si surgían complicaciones, no había jeeps en los que escapar ni tanques que te echaran una mano. Uno estaba solo en el yermo de la guerra.

Y ahora sólo quedaban siete. Doce hombres habían dejado atrás un batallón de tanques el primer día, habían atravesado la región y habían dormido bajo los tanques de otro batallón el segundo día, sin que en ningún momento dejara de llover. A McConnell, Padruc y Bailey se los habían llevado de vuelta a Nápoles con disentería. La patrulla, pues, partió del campamento con nueve hombres.

A Walberg y a Hopewell los habían matado ayer.

Un carromato cargado de heno mojado había aparecido en el camino; lo tiraba un burro y lo conducían dos chavales italianos —gitanos, en realidad— que parecían muchachas empapadas, con sus melenas negras pegadas a la cabeza y los capotes mojados ocultando sus cuerpos. El sargento Glick les hizo señas de que se apartaran, y ellos se metieron en el bosque repoblado cubierto de escarcha, más allá del empedrado. Luego ordenó volcar el carromato para ver si llevaban armas o contrabando. Troutman y Asch se encargaron de ello, y, en el momento en que el heno saturado de agua y oscurecido por el fango caía de la cama de la carreta, aparecieron dando tumbos y maldiciendo un oficial cabeza cuadrada y una prostituta. El alemán disparó contra Walberg y Hopewell con su Luger negra antes de que el cabo Marson diera cuenta de él. La puta, que llevaba puesta la chaqueta de otro oficial encima de una falda marrón, estaba mugrienta y empapada, y tenía cara de enferma; sólo hablaba alemán y se puso a maldecirlos a grito pelado, gesticulando e intentando pegar a Joyner y a McCaig, que la tenían sujeta. El sargento Glick miró a Hopewell y a Walberg, se cercioró de que estaban muertos, y a continuación se acercó a ella, apoyó el cañón de la carabina en su frente e hizo fuego. El disparo la hizo callar de repente. La puta se precipitó de espaldas en la hierba crecida y mojada de la cuneta, de tal forma que sólo quedaron a la vista sus piernas y sus pies. Al vencer el cuerpo hacia atrás, las piernas quedaron momentáneamente en el aire y después cayeron con un golpe sordo. Sobrevino el silencio. Marson, que se había quedado mirando al alemán después de dispararle, oyó el cuarto tiro y giró la cabeza. Y lo que vio fue la curva de unas pantorrillas, unos pies calzados con botas de hombre sobresaliendo de la hierba. Durante unos segundos nadie dijo nada. Se quedaron de pie, en silencio, sin mirarse, ni siquiera a Glick. Sólo se oía la lluvia.

—Ella iba con él —dijo Glick—. Nos habría matado a todos si hubiera podido. —Nadie respondió. Marson había matado al cabeza cuadrada, y eso lo tenía en vilo, y por añadidura unas piernas de mujer apuntando al cielo entre la hierba de la cuneta; a juzgar por las pantorrilas, era una mujer joven—. Todo esto ha sido la misma cosa —dijo Glick en voz alta.

Fue como si estuviera hablando a la tierra y al cielo. Los otros entendieron lo que quería decir: que matar a la mujer había sido una reacción. Dos hombres aniquilados así, a sangre fría, con sendos disparos al corazón, completamente desprevenidos, aunque Glick les había dicho repetidas veces y todos sabían que había que estar prevenidos, sin descuidarse ni un segundo, para algo como esto. «Esto.» Walberg y Hopewell. Dos chicos. Hopewell, que hacía sólo un rato hablaba de cuánto le habría gustado estar en un restaurante de Miami Beach que conocía, comiendo cangrejos; y Walberg, el reservado Walberg, que apenas esta mañana había estado hablando de su padre, un héroe para él, y que al describir al viejo con devoción infantil, con verdadera adoración, había hecho sentir vergüenza ajena a los otros. Asch le había dicho un día: «A ver si creces, Walberg». Y Walberg había crecido, sí, para acabar tirado en una cuneta cerca de Cassino, con una expresión de leve sorpresa en la cara. Los ojos de Hopewell habían quedado cerrados; parecía que estuviera durmiendo.

Y a todos los habían exhortado a estar prevenidos, sin descuidarse ni un segundo.

Pero hacía mucho frío, y la lluvia no dejaba de caer. Se habían quedado entumecidos, con esa modorra que a uno le entra antes de echarse y morir congelado. Y ahora eran incapaces de mirarse los unos a los otros, y nadie miraba todavía al sargento Glick.

Como esto era un pelotón de reconocimiento —y como los alemanes llevaban la iniciativa, en la guerra, en la retirada, en la defensa de Italia, y podían estar cerca—, tuvieron que abandonar a Walberg y Hopewell en la cuneta y seguir adelante, alejarse de allí, mientras la luz desertaba de los pliegues como carbonizados del cielo bajo. Troutman se había comunicado por radio.

Lo que siguió fue una larga noche abismal sin la menor tregua del frío o de la lluvia. Nadie habló de lo que había sucedido en la carretera, pero el cabo Marson continuaba sintiendo náuseas, como si algo dentro de él hubiera sido arrasado y no quedara ya lugar para los más simples recuerdos del Robert Marson que había sido hasta entonces. Era devoto, porque lo era su familia y porque eso daba fuerzas; todo el tiempo intentaba rezar, repetiendo mentalmente las palabras: *Sagrado corazón de Jesús, en vos confío*. Una ofrenda, tal como le habían enseñado de pequeño. Expiar sus pecados, expiar todo lo malo que había hecho. Ahora, sin embargo, no significaba nada. A ratos hablaba directamente a Dios para sus adentros, como si se dirigiera a otro hombre, salvo que era algo más que otro hombre o, de hecho, que un solo dios; era algo inefable e inmenso más allá del cielo lluvioso: *Permite que salga de ésta, ayúdame a encontrar el perdón y formaré una gran familia*. Tenía una hija, una niña de trece meses a la que no había visto todavía en persona. Llevaba su fotografía debajo de la camisa, en una pitillera.

No podía permitirse pensar demasiado. Los otros estaban callados, taciturnos, aislados. Y, sin embargo, tras la tortura de una mala noche, parecían haberse consolado pensando que la guerra era así. Habían vivido en la confusión durante mucho tiempo. Nadie dijo ni una palabra al respecto.

Siguieron avanzando a trancas y barrancas, siempre rumbo al norte. Y la sensación de náusea no dejaba de acosar a Marson. En Salerno había estado en la cabeza de playa; su compañía había quedado inmovilizada por espacio de horas que se convirtieron en días, y Marson había sentido pánico cuando los hombres creyeron que el enemigo se había infiltrado en sus filas y al final abrieron fuego contra miembros de sus propias unidades que habían cruzado el frente. Marson había disparado morteros sobre la agitación y el tumulto de las fortificaciones al otro lado de la playa, había participado en los combates hasta llegar a Persano y el río Sele, y le constaba que había matado a varios hombres.

Había visto mucha muerte, demasiada, y los muertos ya no le causaban tanta conmoción. Ni siquiera Walberg y Hopewell, pobres. No era la primera vez que experimentaba esa especie de parada súbita. Pero, hasta ayer, no había matado a nadie de cerca. El alemán tenía una cara grande y redonda, de niño, y era pelirrojo; la bala le había entrado un poco más arriba del esternón y había salido con un chorro de sangre y carne a la altura de la nuca, yendo a perderse en la distancia. Expulsó sangre de un tono brillante mezclada con algo que debía de haber comido, mirando fijamente al cabo Marson con una expresión aterradora de pasmo, mientras la luz, la vida, o lo que fuera, abandonaba sus verdes ojos y éstos empezaban a reflejar el cielo lluvioso, al tiempo que el agua transparente y helada se agolpaba en ellos y corría por sus blancas mejillas.

La soleada Italia, la había llamado John Glick como escupiendo las palabras, un chiste muy socorrido en el frente. Era de Nueva York y había trabajado de estibador durante un año al terminar el instituto, y eso se le notaba en la voz.

Cuatro días lloviendo sin parar. Parecía el fin del mundo, el Atlántico Norte se había encaramado al cielo y había viajado hacia el sur, y ahora descendía con temperaturas cercanas al punto de congelación.

Hoy, en el crepúsculo matutino, otro batallón de tanques los había alcanzado. Se metieron bajo los carros blindados y comieron raciones, tosiendo y echando saliva. Glick se alejó siguiendo la hilera de tanques y medias orugas y dio parte de la muerte de Walberg y Hopewell, del cabeza cuadrada y de la puta. El cabo Marson le oyó decir que la mujer había resultado muerta en el fuego cruzado. Vio que Joyner lo oía también y Joyner le miró, pero luego apartó la vista. En el batallón nadie más había tenido una refriega el día anterior, aunque Marson, al cruzar al otro lado de los tanques y demás equipo bélico, encontró a un soldado con quien todos habían hablado varios días atrás, y el chico estaba sentado en la trasera de un jeep, sosteniéndose la mano y llorando. Había sufrido graves quemaduras; tenía la mano negra, dos de los dedos parecían ramitas carbonizadas, y le temblaba como si tuviera parálisis. El soldado no dejaba de mirársela y de llorar como un crío. Nadie era capaz de hablar con él.

Marson emitió una suerte de vagido y dio media vuelta.

Fue por su «firmeza» en la cabeza de playa allá en Salerno por lo que lo habían ascendido a cabo; así lo había expresado el oficial. La compañía de Marson se había visto frenada por fuego de ametralladoras, y él salió disparado hacia un cráter de obús en la arena y había lanzado granadas desde allí contra el emplazamiento. Otros siguieron su ejemplo y, finalmente, el enemigo había huido abandonando la ametralladora. No hubo tiempo para pensar; su memoria lo había registrado como el intento de detener una fuga de agua en un espigón, llorando todo el tiempo. No, Marson no había sentido ninguna firmeza, solamente el impulso de hacer todo lo posible por no morir y la convicción, alojada como una piedra en su diafragma, de que no sobreviviría al minuto siguiente.

Joyner y él estaban sentados en un jeep atascado en el fango para escapar de la lluvia. No se caían especialmente bien; había habido tensión entre ambos en otras ocasiones. Joyner tenía ideas fijas sobre negros, judíos y católicos, y sus asertos, combinados con su lenguaje por lo general soez, tenían un aire de autoridad, como si hubiera estudiado a fondo la cuestión y hubiera sacado sesudas conclusiones. Pero todo era ignorancia y fanatismo. Joyner, como si presintiera el efecto que sus palabras tenían en Marson, afirmaba que lo decía en broma. Para Marson, sin embargo, esas bromas ra-

ramente eran inteligentes o graciosas, y aquello le sacaba de quicio. El caso era que Marson, con gran malestar por su parte, detectaba en lo que el otro decía un ligerísimo eco de sus propias e informales premisas. De ahí que hubiera procurado mantener las distancias.

Hasta ahora.

Se había fijado en la mirada que le dirigía Joyner cuando el sargento Glick había hablado de la muerte de la puta. Así pues, sentado al volante del jeep, tuvo la sensación de que era preciso sondear a Joyner para ver si, en un momento dado, iba a decir algo. Pero Marson era demasiado honesto consigo mismo para creer que éste fuera el único motivo: en verdad, lo que quería era saber qué pensaban y sentían los demás; estaba demasiado cansado y confuso para pensar con claridad, pero quería saberlo.

Joyner no le decepcionó. Mientras lo miraba encender un cigarrillo y expulsar el humo, murmuró:

—Fuego cruzado, ¿eh?

Marson le miró y apartó de nuevo la vista. De repente, como una oleada, le vino el deseo de no hablar del asunto con Joyner. Con él, no.

—Es cojonudo; así te ahorras el pelotón de fusilamiento —prosiguió Joyner con una sonrisa, escupiendo entre los dientes como tenía por costumbre hacer. Era alto y de ojos pequeños, con la nariz grande y larga, y unas manos de dedos anchos que siempre le temblaban. Una vez había explicado el problema que eso representaba cuando quería dar fuego a una mujer, encenderle un cigarrillo. Y juraba que no era cosa de nervios. Tenía una comezón recurrente en el brazo izquierdo. Eso sí era de nervios, afirmaba, porque antes de la guerra no lo había tenido nunca. Le pasaba continuamente, desde Sicilia, y no podía evitar rascarse a cada momento.

Continuaron sentados en el asiento delantero del jeep, que estaba hundido hasta el eje en el lodo de la carretera y, por tanto, momentáneamente, fuera de la guerra. Apenas si se miraban el uno al otro. El cabo dio otra calada.

—Yo pensaba que Salerno fue una cagada —dijo Joyner, rascándose en ese punto del antebrazo.

En Salerno había estado atrincherado junto con varios más cerca de una lancha de desembarco inutilizada, que las grandes olas a sus espaldas hacían mecerse de atrás hacia delante. Las balas enemigas impactaban en el metal de la embarcación produciendo un fuerte sonido agudo, y Joyner no paraba de soltar tacos; era como un bajo continuo para el crepitar de la refriega y el retumbo del oleaje, el paso de los aviones y las bombas que caían, el silbido de los proyectiles disparados desde los barcos en la línea del horizonte, los gritos de quienes habían sido alcanzados. Al final salió de la trinchera y se puso a correr. Atravesó una franja de arena y de maderas osificadas y se tiró al suelo junto a un auxiliar médico, que cayó abatido un segundo después, con el ruido metálico del casco resquebrajado por la bala o el fragmento de metralla que lo mató. Joyner abrió fuego contra el pontón y siguió disparando. Después lanzó un grito: «¡Joder!». Sonó como un graznido en falsete. Y fue entonces cuando todos se dieron cuenta de que el fuego desde el pontón había cesado casi por completo.

Echaron a correr, rebasaron el pontón y descubrieron que, después de días enteros disparando sin tregua, el enemigo se había retirado. Joyner se quedó sentado con la espalda contra el rompeolas y lloró como un niño, con la boca abierta y los ojos cerrados derramando lágrimas sin parar.

Sentado ahora con él en el jeep bajo la insistente lluvia, fumando, el cabo Marson recordó lo ocurrido y siguió mirando al frente.

—A mí me importa una mierda —dijo Joyner de golpe y porrazo—. Tú ya lo sabes, ¿verdad?

Marson le ofreció el cigarrillo para que diera una calada.

—Que te jodan.

—Chico, sólo intento mantener la paz.

—Sí, la paz. ¿Tú habrías intentado impedirlo?

—No vi cómo pasaba. Sólo lo oí y luego miré.

—No te he preguntado eso.

—Mira, no lo sé, ¿vale? Dudo que nadie hubiera podido hacer nada. No había elección posible.

—Estás blanco como la leche.

Marson dio una calada y guardó silencio. Permanecieron un rato callados.

—Tienes una pinta que no veas.

—¿Y tú qué habrías hecho? —le preguntó Marson—. ¿Habrías tratado de impedirlo?

—Qué coño —mascculló Joyner—. De buena gana la habría matado yo mismo. Pero luego no iría diciendo que fue el «fuego cruzado».

Marson sintió la náusea. Pero no podía decírselo a Joyner, ni dejar que él lo notara.

—Esta jodida lluvia... Es como el fin del puto mundo —dijo bruscamente Joyner—. El mundo se va al carajo.

—No es más que lluvia —dijo el cabo.

—Te juro que nunca había visto cuatro días seguidos de puto hielo cayendo de este cielo de mierda.

El sargento Glick volvió a pasar por la hilera de tanques. «A formar», dijo. Le habían asignado cinco soldados nuevos. Les ordenó decir cómo se llamaban. Ellos se situaron a ambos lados del sargento, como matones de una banda. Pronunciaron sus nombres con un gesto de exasperada cautela: Phillips, Carrick, Dorfman, Bruce, Nyman.

—Los alemanes continúan retirándose —dijo Glick—. Pero están dejando rezagados, para desgastarnos. ¿Lo habéis oído todos?

Hubo un murmullo general de asentimiento.

—Francotiradores y patrullas de combate van a intentar amargarnos la vida.

—Misión cumplida, pues —dijo Asch. Varios hombres rieron.

—Si no queréis morir —dijo Glick—, mantened los ojos bien abiertos, las armas a punto y las orejas limpias.

—Tengo un problema de espalda, sargento —dijo Asch.

—Habértelo hecho mirar en casa —dijo Glick, incluso sabiendo lo que vendría ahora.

—Nadie me hizo caso.

—Qué pena.

—Sí, mi sargento.

—Corta el rollo, Asch.

—Sí, el problema es que llevo pintada la palabra «cobarde» en toda la espalda.

—Asch, sólo por tu impertinencia podría montarte un consejo de guerra.

—Ojo con los francotiradores, mi sargento.

Se pusieron todos en marcha, siempre hacia el norte, siempre a pie. La carretera, medio palmo de fango en proceso de convertirse en hielo, se les agarraba a los pies, y la lluvia seguía cayendo: vertical, implacable, despiadada, abyecta. En algún momento de la marcha, Marson notó que tenía una ampolla en el talón derecho. Había algo en la plantilla de la bota —alguna imperfección o un roto— que le hacía daño con cada paso que daba, a cada paso era peor, y la sensación de náusea no lo había abandonado.

El dolor le subía hasta el tobillo; era como un alfilerazo, como la punzada en un nervio. Y no había forma de soslayarlo. Ni siquiera andar a la pata coja parecía aliviarlo. Y a cada instante le venían a la cabeza imágenes de lo que había ocurrido en la carretera —Walberg y Hopewell inmóviles en el suelo; las pantorrillas de la mujer sobresaliendo de la hierba; los ojos verdes del soldado a quien había matado reflejando la luz, la expresión de asombro en el rostro blanco—, y le subía la bilis cada vez que pensaba en ello. Pero luego, en los minutos helados que se transformaron en horas y más horas, se dio cuenta de que esta fuerte impresión, como todas las demás, también se debilitaba. Y no había más que la constante y hueca presencia de la náusea, junto con el agudo dolor en el talón. Todos estaban bajo los efectos de una especie de conmoción de baja calidad, conscientes de que estar allí, con lo grande que era el mundo, constituía la peor de las contingencias.

Entrabas en la marea de la guerra y no ibas a ninguna parte; o bien eras de aquellos que se dejaban atrapar por el cebo de la guerra y te dedicabas a buscar lío por ahí con un hatajo de imbéciles. Asch caminaba a su altura, murmurando sobre la incompetencia del ejército por haberles proporcionado aquellas guerreras que de nada servían contra el frío y la lluvia. Pero luego se inclinó hacia Marson y le dijo:

—Tienes que hacer algo.

Marson le miró, pero no contestó.

—¿Qué somos, en realidad?

—¿Me lo preguntas a mí? —dijo Marson.

Glick, que iba unos metros delante de ellos, se volvió para amonestar a dos de los soldados nuevos:

—Separaos un poco, o alguien os matará a los dos de un solo balazo.

Asch se rezagó unos pasos y se desplazó hacia la derecha.

—Mi padre es agente de policía —dijo.

Marson volvió la cabeza para mirarle.

—Inspector de homicidios.

—No me digas.

—Desde hace veinte años.

Marson trató de acomodar el paso al dolor que sentía en el talón y el tobillo. La cosa no hacía más que empeorar.

—¿Te has preguntado alguna vez cómo se puede aguantar una cosa así tantos años, un asesinato tras otro?

—Nunca se me había ocurrido pensarlo —dijo Marson.

—Ya. A mí tampoco. Hasta ahora.

—Lo sé —dijo Marson—. Esto hace pensar.

—Y muchos de ellos quedaban sin resolver. Era algo que le frustraba cantidad. Lo que más le dolía era que hubiera personas que podían ayudarle y no lo hacían.

—Ya. Supongo que es duro.

—Gente que había visto cosas y se negaba a decir lo que había visto.

—Claro.

—Sí —dijo Asch—. Claro.

—¿Y nunca se le ocurrió qué podía hacer?

—No.

—¿Continúa en el cuerpo?

—Lleva veinte años —respondió Asch.

Marson lo miró otra vez. Asch llevaba el casco echado hacia atrás y la lluvia le salpicaba en la cara.

—¿Entiendes lo que quiero decir?

—Veinte son muchos años —dijo Marson.

—Y muchos asesinatos —apuntó Asch.

Esta vez Marson no dijo nada. Sentía las náuseas y sentía el frío; delante de él los otros caminaban mecánicamente, encorvados los hombros bajo la lluvia, que parecía golpearlos con finas hebras de hielo.

Cuando pararon a descansar unos minutos en una casa de labranza medio en ruinas, se quitó trabajosamente la bota derecha para ver qué podía hacer. Pero era la forma misma del talón, algo, una arruga quizá, que empujaba hacia arriba desde la plantilla. Tenía el pie más blanco de lo que parecía saludable, salvo allí donde sobresalía la ampolla. La reventó con la punta de la bayoneta y la dejó drenar, y la piel suelta, del tamaño de una moneda de veinticinco centavos, se hundió en el enrojecido centro de la inflamación. Si se tocaba, le dolía. Dejó que la lluvia acribillara la herida hasta que no pudo soportar más el escozor. Luego se puso de nuevo el calcetín —estaba empapado y pesaba— y la bota, aguantando el dolor, convirtiéndolo en una ofrenda, tratando de pensar como si rezara. *Sagrado corazón de Jesús...* A las punzadas en el pie se sumaba ahora el frío, y a todo esto reanudaron la marcha, y cada vez que apoyaba el peso del cuerpo en ese pie, sentía un aguijonazo que le subía por el tobillo, un dolor candente. Aguantando como podía, siguió adelante. Una suerte de rotundidad, un sentimiento sordo y profundo, se había asentado en su alma. Era como si el dolor físico hubiera estado afectando a otra persona. A él no lo alcanzaba, o casi. Algo se había vaciado en su interior, y mentalmente podía volverse y mirar el hueco.

Hacia el ocaso pararon en un lugar donde un arroyo de rauda corriente llegaba hasta el borde de la carretera por el lado izquierdo, desviándose de nuevo hacia los árboles. La carretera describía un brusco giro a la derecha y se perdía de vista por detrás de un monte. En ese lado había árboles también. Entre los árboles de la izquierda se veía el agua, de un gris metálico y apariencia casi sólida, salpicada de pequeños y fugaces banderines blancos. De vez en cuando una rama pasaba aguas abajo, y luego vieron tablas y otros desperdicios. A renglón seguido aparecieron las patas de un caballo; el animal, a merced de los impetuosos remolinos, subía y bajaba entre los pliegues del agua, las patas inmóviles en escorzo. El río rugía y borboteaba. Se movieron todos hacia el lado derecho de la carretera y el pie del monte, donde las ramas negruzcas les proporcionaron un magro cobijo. Parecía que los árboles estuvieran revestidos de cristal. Había huellas de tanques en el barro y las piedras de la carretera. Glick hizo que Troutman le llevara la radio e informó de este hecho. Permanecieron a la espera. No se oía más que el sonido de la lluvia. La respuesta fue que siguieran avanzando.

Sin embargo, Glick no se movió. Los otros le observaron. Pequeñas esquirlas de hielo resbalaban de su casco. Tardaron un momento en darse cuenta de que había visto algo que venía desde la curva. Era otra carreta, esta vez tirada por un caballo. Una figura encorvada vestida de marrón, un hombre con capucha y manos morenas, sujetaba las riendas. Bajo la capucha se adivinaba apenas una cara chupada y en sombras. La carreta llegó adonde estaban y Glick se adelantó, carabina en ristre. El hombre detuvo el carromato y se levantó en el pescante, alzando las manos. Era un viejo. Los miró con ojos desorbitados y se dirigió a ellos con una voz trémula y atiplada.

—*Sono italiano.* Yo hablo *inglese*. —Y luego en italiano otra vez—: *Non sono tedesco! Amico, sono il vostro amico. Amico. Non uccidermi! Non spararmi! Per favore!* No disparar.

—¿Tú *capish* inglés? —le dijo Glick.

—Poco —respondió el viejo por entre una mueca donde se veían dientes partidos y medio podridos—. Sí, *un po*. Poquito. Hablo *inglese*. Un poco.

—Bájese del carro.

El viejo dudó, mirándolos a todos. Era evidente que no estaba seguro de qué le estaban pidiendo que hiciera, y temía que cualquier movimiento en falso pudiera significar la muerte.

—*Cedo!* —dijo entonces—. *Non spararmi!* ¡Yo rindo! No disparar, *per favore*.

—Abajo —Glick le hizo señas—. Bájese de una puta vez.

La lluvia que caía por la ajada y huesuda cara del anciano hacía pensar que estaba llorando. Tenía los ojos apretados, las cejas crispadas. Daba verdadera pena. Glick hizo un ademán con el extremo del rifle.

—Abajo.

Y con presteza, tratando por todos los medios de complacer, el anciano se apeó del carromato.

Glick ordenó a Lockhart que desenganchara el caballo y luego a Joyner y Troutman que volcaran la carreta, mientras los otros se aprestaban a abrir fuego. Dio instrucciones al cabo Marson de que cubriera al viejo, que estaba allí quieto bajo la lluvia, con la cara casi tapada por la capucha. La capa que llevaba puesta era del mismo tipo de lona que cubría lo que fuera que llevaba en el carromato. Calzaba unas alpargatas, y sus pantalones eran de arpillera y rozaban el suelo, sucios de barro y mojados hasta las rodillas. La expresión del hombre al ver cómo volcaban su carromato, con todas sus pertenencias, en la calzada, fue de triste resignación. Allí no había otra cosa que las posesiones de alguien que intentaba huir de la guerra con su pequeña vida a cuestas. El cabo Marson percibió la humillación del viejo: zapatos, vajilla, fotos de familiares, ropa, libros, utensilios de cocina. El viejo volvió un poco la cabeza, como si la vista de aquellos enseres le hiciera daño.

—¿Conoce esta región? —le preguntó Glick—. *Capish?* —Hizo un gesto abarcando los árboles, la colina, los alrededores.

—Sí, sí.

—¿Guía, eh? ¿Explorador? —Glick se volvió para señalar monte arriba hacia los árboles.

—Explorador —el hombre se limitó a repetir la palabra.

Glick señaló hacia el recodo de la carretera y dijo:

—¿Alemán?

El viejo asintió con la cabeza, pero era imposible saber si estaba indicando que comprendía o que había alemanes más adelante. Permaneció allí de pie con aquella cara de resignación observando cómo la lluvia se encharcaba en los pliegues de sus prendas esparcidas por el barro.

—Poned bien el carromato —dijo Glick a los otros— y volved a meter todas sus cosas dentro. Marson, tú no dejes de encañonarlo.

Los otros hicieron lo que se les decía. Al cabo Marson, por un momento, le invadió una sensación de bienestar, pese al pánico general, el dolor, la tiritona. Era una corrección, un castigo. El viejo los observaba.

—Guía, ¿sí? —dijo Glick, señalando de nuevo hacia los árboles.

El hombre se lo quedó mirando.

—Subir a la puta colina —insistió Glick—. La madre que lo parió... Ver la puta carretera, ¿entiende? Subir a la puta colina para ver la carretera de los cojones.

Marson se señaló a sí mismo, después al viejo y luego al monte que se elevaba a su espalda y dijo:

—Guía.

—Oh, sí. Comprendo. *Vi guiderò*. Sí.

—*Guiderò*. Guiar —dijo Glick.

—Sí.

El sargento miró a Marson.

—Llévate a Asch y a Joyner —dijo.

El viejo esperó, volviéndose ligeramente. Glick ordenó retirar el carromato de la calzada y dejarlo entre los árboles de la ribera. El caballo ya estaba atado a uno de aquellos troncos y los observaba, pestañeando bajo la lluvia pero aparentemente sin notarla siquiera, y de vez en cuando arrancaba briznas de la hierba que había al pie del árbol y masticaba, sin dejar de mirarlos. La manta que llevaba sobre la grupa estaba negra de tan mojada y desprendía riachuelos como carámbanos.

—Vamos —dijo Glick—. Maldita sea, a qué está esperando. Mueva el trasero.

El viejo asintió con la cabeza; luego se volvió hacia Robert Marson haciéndole señas de que lo siguiera. A Marson le pareció ver un conato de sonrisa en aquel rostro empapado, demacrado, marchito: era una sonrisa de alivio.

—Asch —dijo en voz alta—. Joyner.

Los dos soldados se pusieron en fila y empezaron todos a subir hacia los árboles, el anciano delante.

El avance era lento. Al poco rato, la colina se volvió más empinada y el terreno estaba resbaladizo. Una espesa capa de agujas de pino, fango y hojarasca cubría el suelo. Era todo cieno, y las botas patinaban. Tenían que hacer fuerza con los dedos de los pies para conseguir puntos de apoyo. Llevaban recorridos unos cincuenta metros cuando Asch cayó, deslizándose cuesta abajo, y soltó una especie de gañido, un ruido animal. Se había golpeado contra un tronco, y eso le había servido de freno.

Marson, Joyner y el viejo esperaron a que se levantara. Estaban todavía a la vista de los que habían quedado en la carretera, los cuales descansaban ahora en el crepúsculo bajo el cielo torrencial que nunca acababa de vaciarse.

—Joder, ¿por qué nosotros? —preguntó Joyner a nadie en particular.

Esperaron. Asch volvió a caer y maldijo.

—Me cago en la puta, Asch —dijo Joyner.

El viejo se había detenido con una pierna levantada, listo para seguir adelante, con el rostro impasible, atento simplemente a ver si Asch se levantaba. En un momento dado,

Asch se postró de rodillas y se quedó allí, contorsionado el gesto por el esfuerzo y con la frustración de no ser capaz de tenerse en pie. Pero su semblante se alteró. Vieron que suspiraba, inclinado hacia adelante, los brazos apoyados en el cañón de su carabina, y por un instante pareció que estaba casi satisfecho, arrodillado mientras los otros le miraban desde una veintena de metros más arriba.

—Venga ya, capullo —le gritó Joyner.

—Que te jodan —dijo Asch.

A Marson le pareció que Joyner mascullaba algo. Creyó haber oído la palabra «judío». Miró a Joyner, que había sacado un trapo de su guerrera y estaba secándose la cara.

—Más vale que te guardes tus opiniones —dijo.

Joyner dobló el trapo, lo guardó y simplemente se lo quedó mirando.

—¿Entendido? —preguntó Marson.

—*Capish* —respondió Joyner—. Y si no, qué harás, ¿pegarme un tiro?

Asch llegó por fin y cayó nuevamente de hinojos, después de resbalar. Miró hacia abajo, en dirección a la carretera y dijo:

—Tengo las piernas más cortas que vosotros. Me cuesta más subir. No vayáis tan rápido.

—No tenemos toda la noche —dijo el cabo.

—¿Creéis que están ahí arriba? ¿Esperándonos? —quiso saber Asch.

—¿Cómo coño quieres que tengamos esa información? —espetó Joyner.

—Manteneos alerta —les dijo Marson.

—Bajar esta puta cuesta no va a ser mucho más fácil que subirla, si hay que ir con prisa —dijo Asch—. Un poco más y me rompo la espalda con ese arbolito de ahí abajo. ¿Podemos esperar un momento? Me duele mucho.

—Quizá tendrías que ir bajando, cariño —dijo Joyner—. No quisiéramos que te hicieras pupa.

—Vete a la puta mierda —contestó Asch—. O, mejor, ¿por qué no te pones bien recto, te caes por el agujero del culo y te ahorcas?

—Muy listo —dijo Joyner—. Los de Nueva York sois todos unos listillos.

—A callar —dijo Marson.

—¿Los de dónde, Joyner? ¿Podrías concretar un poco más? Porque resulta que yo soy de Boston, mamón.

—Ya sabes a qué me refiero.

—Ni la menor idea, tío. ¿Y si me lo explicas?

Joyner guardó silencio.

El viejo los seguía observando con aquella expresión de sereno interés. Cuando vio que el cabo Marson le miraba, se enderezó ligeramente y se arrebujó en la capa.

—Vamos a subir hasta ahí arriba para ver lo que haya que ver —dijo Marson—. Luego daremos media vuelta y volveremos abajo, y no vamos a desperdiciar energías peleándonos y discutiendo. ¿Está claro?

—Me he caído, coño —protestó Asch—. Dile que me deje en paz.

—No pienso hacer de mediador. Ya os he dicho lo que hay y no se hable más.

—¿Puedes decirle que no me salga otra vez con eso de Nueva York? Porque yo sé que la cosa no va por ahí.

Marson miró a Joyner, cuya expresión era claramente desafiante. La lluvia le hacía pestañear, pero sus ojos eran fríos y retadores.

—No has querido decir lo que parece que querías decir, ¿verdad, Joyner?

—Lo mismo da; podía haberme referido a cualquier ciudad grande —respondió Joyner.

—Sea lo que sea, que te den por culo —dijo Asch.

El anciano murmuró algo.

—No *capish* —dijo Joyner—. ¿Qué has dicho, que quieres que nos ahoguemos en nuestra propia sangre?

El viejo le devolvió sin más la mirada.

—Este tío es un fascista, joder —dijo Joyner.

—*Io non sono fascista* —negó el viejo, sacudiendo vehementemente la cabeza. Luego empezó a retorcerse las manos; fue como si intentara doblar los huesos.

—Ahora le has asustado —dijo Marson—. Más vale que tengas la boca cerrada, Joyner. Te lo advierto.

Asch se puso de pie.

—Estoy listo —le dijo a Marson.

Empezaron a subir siguiendo el sendero por el que el viejo los conducía, afanándose todavía con la fuerte pendiente, el terreno resbaladizo, los pequeños e impetuosos regueros de agua, y la lluvia en todo momento como una cortina estática, sin viento.

—Puta mierda —espetó Joyner—. ¿Por qué nos ha tocado a nosotros?

Joyner era oriundo de Michigan, de una granja de ovejas donde habían vivido su padre, su abuelo y su bisabuelo; y su padre lo había educado para que, con el tiempo, se hiciera cargo de la granja. La guerra había sido su vía de escape, como él mismo solía explicar al principio, cuando estaban todos juntos. Aborrecía aquella granja —odiaba todo lo que tuviera que ver con la agricultura o la ganadería—, y buena parte de sus años de instituto los había pasado yendo detrás de las orquestas buenas por la zona norte del Medio Oeste. Sabía tocar el clarinete, y su padre, decía, lo consideraba un vago y un maleante, cosa que no siempre era fácil de aceptar. Una vez había visto a Benny Goodman, en el Aragon Ballroom de Chicago, y hablaba de las mujeres que había conocido aquella noche y de que paseó junto al lago en la oscuridad estival, con la ciudad reflejándose en el agua. Era expresivo también en esto, cosa que lo hacía más conflictivo aún para Marson, que era expresivo por naturaleza y gustaba de recurrir a lo que su madre solía llamar «habla pictórica», un medio de transportarse a un lugar distinto por medio de la palabra. Joyner decía que prefería a Benny

Goodman porque él también se llamaba Benny, y luego añadía que la coincidencia en el nombre de pila no era motivo para que a uno le gustara lo que tocaba un determinado músico, pero bueno.

Pero bueno. Así era Joyner. Podía hablar de la luna reflejada en el agua y, sin embargo, los reniegos salían de su boca como las gotitas de saliva que no dejaba de escupir en todo momento. Soltaba pequeños salivazos entre los dientes; era como un latiguillo que adornaba su manera de hablar.

En Palermo, durante la instrucción, cuando veía venir a Marson, sabedor de que a éste no le gustaban los tacos, escupía y decía: «Puta mierda. Uy, quiero decir "caramba"». A otros —Asch incluido— les parecía gracioso, pero Marson se lo tomaba como una afrenta personal.

«Me largo de la puta granja y aquí estoy, en el puto campo, en la puta Italia», decía Joyner. Era como si lo recitara.

—Deberías haber traído el clarinete —le dijo una vez Marson, intentando que no se notara lo incómodo que se sentía. Él también había sido admirador de Benny Goodman, aunque prefería a Glenn Miller. Quería hablar de música para cambiar de tema.

Pero Joyner cargó de nuevo contra el puritanismo de Marson:

—Nada de ateos en las trincheras, ¿eh, Marson?

—Mejor que no —dijo Marson.

—Me cago en Dios.

Y fue Asch el que rió entonces.

—Tío, deberías actuar en Broadway.

—Me la suda Judía York, Asch.

—Haciendo la calle, querido.

—Sí, en esa ciudad no hay otra cosa que hacer. Necesitaría estar borracho todo el rato.

—Tengo una idea: ¿qué tal si pongo el culo y me lo besas?

Al igual que Marson, Joyner era católico y en el instituto había destacado como atleta —lateral derecho en el equipo de fútbol y escolta en el de baloncesto—. También jugaba al béisbol, pero no se le daba tan bien ni le interesaba demasiado ese deporte. Marson, por el contrario, incluso había llegado a jugar durante un par de años como semiprofesional. Mayor que los otros dos —veintiséis años—, era, de hecho, el más viejo del pelotón, pues le llevaba dos años al sargento Glick. Joyner sólo tenía diecinueve. Marson y él habían hecho la instrucción juntos y habían sido asignados a la división cuando ésta estaba todavía en Sicilia, a raíz de la invasión. Saul Asch había entrado en combate hallándose en el norte de África. Hablaba de un sueño recurrente que tenía: un tanque en llamas, los hombres dentro, el calor del desierto, y el olor que se elevaba con el humo negro y el fuego. Decía que soñaba el olor, pero en el tono con que uno describiría alguna curiosidad del terreno. El sueño no parecía afectarlo. Tenía sólo veintitrés años, pequeños ojos castaños y redondos, y unos mofletes de niño; era el mayor de tres hermanos, que también estaban en el ejército. Había pasado el requisito de la altura sólo por los pelos. Al cabo Marson le había resultado agradable su compañía por su costumbre de convertirlo todo en una observación, y luego estaba el acento bostoniano; pero últimamente procuraba evitar a Asch por su manía de hablar todo el tiempo de ese sueño. Lo seguía teniendo. «He vuelto a soñar lo mismo —decía—. El calor y el olor. Siempre igual. Como si estuviera allí otra vez.» Luego meneaba la cabeza, encogiéndose de hombros. «¿Te imaginas?» Era una frase que repetía mucho para expresar perplejidad o asombro. Asch era judío pero, como decía él, no practicante. Su abuelo, judío alemán, había luchado en la Gran Guerra, con treinta años largos, en el bando del káiser. Eso siempre le hacía pensar. El hombre había fallecido el año anterior en la sala de estar de un apartamento en Brockton, después de comer salmón con salsa de eneldo con su nuera italiana, que era quien lo había preparado. Asch explicaba que su abuelo había pasado de estar en las Ardenas matando soldados franceses, ingleses y norteamericanos a vivir en Brockton, con un nieto a punto de alistarse en el ejército para luchar contra los hunos. Qué absurdo.

Marson era una persona muy sensible a las paradojas, y la historia le había gustado. Pero la compañía de Ash le hacía sentirse a disgusto; pensaba en ello y en la pesadilla africana cada vez que Asch abría la boca. Era como un telón de fondo. Y ahora tenían también en común la muerte de aquella mujer.

Marson no se imaginaba a Asch de abuelo. Seguramente era por sus mejillas de niño, tan lisas y regordetas. Pero no podía mirarle sin pensar que la guerra acabaría con él; claro que, por otro lado, él mismo no creía que fuera a sobrevivir. Aún no había encontrado a nadie que se atreviera a decir que esperaba salir con vida de la guerra.

Era ya casi de noche. El frío los cubría, estancado e inmenso. Parecían estar avanzando por una película de hielo, siempre cuesta arriba, soportando el peso de correaje, mochila, cartuchera y granadas, resbalando y jadeando detrás del viejo, el cual parecía rejuvenecer a medida que aumentaba la distancia entre él y la carretera. Trepaba con desenvoltura, respirando aparentemente sin esfuerzo. Marson, a quien le ardían los pulmones y cuyas piernas temblaban del esfuerzo por no caerse, lo observaba. La cuesta era cada vez más empinada y podía oír en la sangre sus propios latidos. Tuvo una arcada y luego otra más, y otra, siempre ascendiendo. Cada paso era una tortura para la ampolla que tenía en el talón; varias veces hubo de usar la culata del fusil a modo de muleta, con la palma de la mano sobre el extremo del cañón. Asch y Joyner marchaban en silencio y no establecían contacto visual. Se propulsaban automáticamente hacia adelante con cada paso, agarrando de vez en cuando una rama de árbol para darse impulso. Subían ajenos a todo lo que no fuera la pendiente del terreno que pisaban con sus botas —la insistente inclinación hacia arriba de la tierra, sus fruncidos, sus ramas partidas, sus ranuras de fango y mantillo—, y Marson volvía la cabeza a cada momento para controlar su avance. Estaba ya demasiado oscuro para ver hacia dónde se dirigían o si la colina terminaba en punta o se nivelaba en la cima; todo era subir y subir, el dolor en los músculos de las piernas y en las rodillas cada vez más intenso. Y es que el terreno era tan empinado que no parecía posible descansar un momento sin empezar a resbalar hasta la carretera misma. Y, a todo esto, la despiadada e invulnerable perseverancia de la lluvia.

El anciano seguía trepando, y la pendiente era ahora tan pronunciada que a cada paso la rodilla rozaba casi su pecho; tenía que apoyar en ella su huesuda mano para cubrir un nuevo incremento de terreno. Asch volvió a caer, perdiéndose de vista al resbalar cuesta abajo. Joyner se sentó encajando la culata del rifle entre sus pies, la manga de la guerrera contra el cañón. Metió la otra mano por dentro de la manga y se rascó donde siempre. Marson habló al viejo sin levantar la voz. «Espere.»

—Sí.

El viejo se agarró al fino tronco de un árbol. Marson fue hasta allí y volvió a bajar. Oyeron cómo Asch empezaba a subir de nuevo.

—*Che città* en América, tú —dijo el anciano—. ¿En qué ciudad vives?

—Washington, DC —respondió Marson.

—Yo ver Washington.

—Pues qué bien.

Silencio. Sólo el tintineo del equipo en el correaje, y la lluvia martilleando sus cuerpos y los cascos. En lo alto, el cielo se empeñaba en tapar una luna llena —había trechos más delgados—, pero la lluvia continuaba cayendo. El viejo se enjugó el agua de la barbilla y tosió. Luego dobló un poco las rodillas, metió la mano en el pantalón de arpillera y extrajo la polla. En la semioscuridad, Marson vio que era larga y sin circuncidar. El viejo orinó sobre la hojarasca empapada; la orina echó humo y se alejó de sus pies formando finos afluentes. Se la volvió a guardar y luego, mirando a Marson, cabeceó ligeramente con una sonrisita tímida.

—¿Cuándo ha visto Washington? —preguntó el cabo.

Tras dudar un poco, el viejo asintió.

—Más joven. Viaje. *Sono andato a* Nueva York. Yo... yo voy a Nueva York también. ¿Sí?

—Sí, entiendo —dijo Marson—. Yo no lo conozco.

El viejo puso cara de incredulidad.

—No he estado nunca en Nueva York —dijo Marson.

—Ah, sí.

—¿Cómo se llama?

Otra vez la mirada.

—El nombre.

El viejo asintió:

—Sí.

Marson se señaló a sí mismo:

—Robert.

—Ah. *Angelo.*

—Angelo... ¿Estuviste alguna vez en el ejército?

—*Come?*

Marson se señaló otra vez, y al casco que chorreaba agua, diciendo:

—Ejército. Militar.

—Oh, sí. *Nella prima guerra.*

—*Prima*. La primera guerra.

—Sí.

—¿Peleaste?

El viejo se lo quedó mirando.

—Combate. —Marson hizo gestos de disparar un arma.

—Sí. *Ero un capitano.*

Marson hizo un saludo marcial.

—Capitán, sí?

Angelo, el viejo, asintió con una expresión confiada. De las arrugas de su capucha goteaba agua, que iba a estancarse en un pliegue más grande, a la altura de su pecho. La lluvia se colaba por el cuello de Marson y le mojaba la camisa por dentro. Tiritó. Asch llegó por fin y reanudaron la ascensión, apuntalándose en grietas y ramas bajas, porque ya no se podía estar de pie. El terreno se escurría bajo sus botas a cada momento y la lluvia no dejaba de taladrarlos con sus aguijonazos de hielo.

Por fin, llegaron a un trecho de terreno llano y Marson dijo:

—Descansaremos un rato aquí.

Angelo le miró.

—¿Descansar? —dijo otra vez Marson.

—Sí.

Asch y Joyner estaban ya descargando sus mochilas y dejándolas en el suelo, y con los rifles atravesados sobre los muslos se acuclillaron de espaldas a un saliente de roca por el cual la lluvia se desviaba montaña abajo. Porque esto era una montaña. Marson se dio cuenta entonces. El viejo fue hasta el saliente y se situó a la izquierda de Asch. Marson se reunió con ellos. Los cuatro acurrucados ahora al abrigo de la roca, y el agua cayendo más allá, aunque Marson tenía todavía las rodillas expuestas a la lluvia. Cogió su petate, lo abrió y se cubrió con la manta.

—Joder —dijo Asch—. Si salgo vivo de ésta, me largo a vivir al desierto, lo juro. Me mudo a Arizona, tío. Y si allí también llueve, me largo. Quiero vivir en un sitio donde haga sol. —Parecía a punto de ponerse a chillar.

—No hables tan alto —le dijo Marson. Casi se atragantó al hablar. Los músculos de su abdomen se contrajeron. Tragó saliva, inspiró despacio. Estaban todos callados, escuchando la lluvia que no paraba y no paraba.

—Esto es el fin del puto mundo. Os lo digo yo —dijo Joyner—. El mundo nunca había visto tanta destrucción. ¿Quién nos asegura que no lo arrancaremos de su órbita?

—Mira, Ben. Bastantes pensamientos morbosos tengo ya en la cabeza como para ponerme encima a pensar en eso también.

—No me llames Ben. Es Benny.

—Vale, Joyner, perdona.

—Joder —masculló Joyner—. Y yo ni siquiera me he casado. —Metió otra vez la mano por dentro de la manga y se rascó.

—Pues mi mujer igual ya habrá parido —dijo Asch. Y, tras carraspear un poco, añadió—: No me parece bien que una mujer tenga que morir por lealtad de sangre a un hombre. —Carraspeó otra vez, agachó la cabeza y escupió—. Por el amor de Dios...

—Oye, santo Saul —dijo Joyner—. Quizá no te diste cuenta de que la guarra intentaba arrancarme los ojos.

—Me di cuenta. Yo me fijo en todo, tío.

—¿Me estás amenazando o algo?

—Basta —ordenó el cabo Marson—. Callaos los dos.

Joyner se volvió hacia él.

—¿Tú crees que hay alguien más rondando por aquí, Marson?

—Si lo hay, y son alemanes, también irán armados. O sea que a callar —le dijo Marson.

—No se me pasa el tembleque —murmuró Asch—. Tengo calambres de tanto tiritar. Me he dado contra un árbol resbalando por la puta colina.

—De colina, nada —dijo Joyner, rascándose—. Es una puta montaña.

—Montaña, sí —confirmó el viejo—. *Montagna.*

—Gilipolleces.

—Silencio —dijo el cabo Marson—. A callar todo el mundo.

Se hizo el silencio. Marson dirigió la vista a los árboles, cuyas formas resplandecían vagamente en la oscuridad; escuchó el asombroso tamborileo monótono de la lluvia. Al cerrar los ojos volvió a ver las piernas sucias de la mujer, ligeramente curvadas, sobresaliendo de la hierba rezumante, y al cabeza cuadrada de moribundos ojos verdes, un verde muy oscuro, y la mata de pelo rojo pegada a la frente blanca. Aquella cara de puro asombro. Sintió algo parecido a una emoción, horrible e inexpresable, un visto y no visto, apenas un roce en el alma, como si algo lo hubiera alcanzado desde las profundidades del infierno. Miró a los que estaban con él en la inclemente oscuridad y tuvo miedo por ellos —ahora no pensaba en sí mismo—; fue como si él ya estuviera muerto y los mirara desde un plano de existencia diferente.

—*Avete da mangiare?* —murmuró el viejo—. ¿Comida?

Marson abrió una lata de ración C y se la pasó. El hombre atacó con los dedos, ávidamente, la comida precocinada, como si quisiera zampárselo todo antes de que alguien se lo pudiera quitar.

Los otros comieron también, en silencio. Marson fue incapaz. Se puso a fumar un cigarrillo y los observó, pero luego apartó la vista. Pasado un rato, estaban todos intentando conciliar el sueño. Marson cerró los ojos otra vez y casi de inmediato cayó en un sueño irregular. Veía que el viejo se escabullía en la niebla que los rodeaba, y después él intentaba despertarse. Oía respirar, voces hablando quedo, alguien que pronunciaba un nombre o quizá maldecía, o daba una orden, y había movimiento otra vez, pero él no podía romper el hechizo, no conseguía mover los brazos ni las piernas. Ahora, en sueños, se desgañitaba pidiéndoles que lo despertaran, una y otra vez, hasta que por fin volvió en sí. Y la quietud era tal que casi se puso en pie de un salto, empuñando el rifle, y al mirar a lo oscuro creyó ver un movimiento. Pero no, nada se movía, y el único sonido era el de la lluvia. El viejo dormía hecho un ovillo, arrebujado en su capa. También los otros dos estaban durmiendo, Asch con el casco casi fuera de la cabeza y un tic en los mofletes. Probablemente soñaba con África. Dijo «no» una vez, en voz alta y clara. Y luego otra vez: «No».

Robert Marson había llegado a Palermo a bordo de un buque de transporte de tropas una vez terminados los primeros combates; las nuevas órdenes tardaban en llegar. En la zona de guerra en la que se encontraba, nadie parecía saber a qué atenerse. Corría el rumor de que muchos de ellos iban a formar parte de una operación a gran escala en algún punto de la costa francesa, y que otros serían enviados a la Italia continental. Toda la instrucción, en cualquier caso, se centraba en desembarcos anfibios. La unidad de Marson estaba acuartelada en pequeñas tiendas de campaña a las afueras de Palermo. Desde aquella escueta franja de tierra se divisaba el mar Tirreno. En las aguas del puerto había dragaminas, pero todo respiraba quietud y paz. La ociosidad tenía a todo el mundo con los nervios a flor de piel. El general Patton no quería que nadie se pusiera demasiado cómodo, que nadie se lo tomara con excesiva calma, y por eso hacían instrucción desde primerísima hora de la mañana. Pero el despliegue se demoraba una y otra vez, y aquello acabó convirtiéndose en una especie de vacaciones cortas. Cuando tenían un respiro en la instrucción, iban a la ciudad y a las playas cercanas, se bañaban en un agua helada y se tumbaban en la arena a tomar el sol. Había en todo ello una sensación de apremio, pues sabían que la guerra los estaba esperando. A la vista de las luminosas aguas del mar, del brillo y la calma de la playa, era difícil creer en la guerra. Marson vio la capilla Palatina y fue con varios hombres más a un castillo de estilo normando.

En un pequeño bar junto a una plaza, a la vista de una mezquita, tomó varias cervezas y luego dos botellas de vino en compañía de Saul Asch, mientras éste hablaba de su abuelo —el soldado del káiser— y también de sus padres, que eran muy devotos y de quienes conservaba su creciente escepticismo.

—A veces —dijo—, la mentira es preferible a la verdad. En serio.

Por último se puso a hablar de su mujer. Una persona encantadora, quince años mayor que él, que era maestra y había sido su vecina durante muchos años.

—Ya ves, tú —dijo—. Me casé con la vecina de al lado. Y, encima, viuda. ¿Sabes cómo murió su marido? De un resbalón en la bañera. No es coña. Cayó, se dio en toda la cocorota y adiós. Aquella misma tarde nos había servido té con hielo. Estaba cantando en la ducha y, ¡zas!, un momento después había estirado la pata. No hace falta una guerra para morirse. Yo le conocí, ¿sabes? Era un buen tipo. Un poco soso. No hablaba mucho.

—Asch —dijo Marson—, eres el tío más morboso de todo este ejército.

—Morir es fácil —replicó Asch—. Es lo único que digo.

Marson le habló de su mujer y de su hija. Quería imaginarse en alguna otra parte, terminada la guerra, quería situarse mentalmente muchos años después. Llevaba consigo las cartas de su mujer y una foto pequeña y agrietada de la niña. Su mujer se llamaba Helen Louise; la niña, Barbara. No había entrado aún en combate, pero tenía miedo. No quería morir ni que lo hirieran, por supuesto, pero le asustaba la idea de echar a correr cuando llegase la hora de la verdad, y a veces por la noche creía que era eso exactamente lo que iba a hacer. Había leído la novela de Crane sobre la guerra de Secesión, y la conclusión que sacaba Crane (a saber, que su personaje del soldado había visto la Gran Muerte y ésta, a fin de cuentas, era muerte y nada más) le parecía absolutamente falsa, peligrosa y estúpidamente romántica. Miró a Asch con estos pensamientos en la cabeza y pronunció los nombres de pila de su mujer y de su hija, notando un frío en la nuca, el escalofriante cambio eléctrico en los nervios de la columna siempre que lo atrapaba el presentimiento de que no vería nunca a su hija ni volvería a mirar el rostro de Helen.

—Bonitos nombres —dijo Asch—. Mi mujer se llama Clara. Un encanto de señora. Cuando yo cumpla treinta, ella tendrá cuarenta y cinco.

Marson le miró.

—¿Te imaginas?

—Si lo piensas al revés, resulta más extraño aún. ¿Qué edad tenía ella cuando tú tenías diez años? —Ahora Marson sólo hablaba para no pensar en sus cosas.

—Uf, es verdad —dijo Asch.

—Un niño.

—Cuando yo cumpla cuarenta y cinco, ella tendrá sesenta.

—Se nos da bien la aritmética —dijo Marson.

—¿Te imaginas?

—Bueno, quince años tampoco es tanto.

—No, si no pasa nada. Era sólo una idea.

Un muchacho moreno se acercó a la mesa. Tenía la cara alargada, unas cejas negras como escarabajos, la boca grande y una imponente mata de pelo negro.

—Ese vino que beben es agua de cloaca —dijo en un inglés sin acento.

Se quedaron atónitos. Robert Marson le sonrió y el chico le miró fijamente.

—Tiene un boquete en la dentadura.

Marson asintió, un tanto confuso.

El chico se tiró del labio inferior, dejando ver que le faltaba un diente de delante.

—Somos tal para cual, *signore* —dijo. Y se presentó.

Se llamaba Mario y era de Messina. Había venido a Palermo hacía un año con su padre y su hermano, y sabía dónde estaba escondido el vino bueno. Pasó a explicar que hablaba inglés porque cuando tenía ocho años había pasado un verano en Nueva York. En aquellos tres meses no había hablado otra cosa que inglés.

—Nueva York —dijo Asch—. Qué gran ciudad. Yo soy de Boston.

—Reconozco que Boston no me gusta —dijo el chico—. Allí juegan los Dodgers.

—No, tú quieres decir Brooklyn. El equipo de Boston son los Red Sox.

—Los odiados Red Sox.

—Es mi equipo —dijo Asch.

—Pues qué putada. Yo soy hincha de los Yankees de Nueva York.

—Yo a los Yankees los odio —dijo Asch—. Y a los que les gustan, igual.

Mario sonrió mostrando el gran boquete entre sus dientes.

—Entonces somos enemigos declarados, *signore*.

Tenía quince años y no le habían crecido aún las patillas. Era enjuto, de extremidades largas, y su pelo negro tenía un brillo azulado. Les explicó que había perdido el diente por culpa de un golpe que le había dado un alemán con su pistola, en Messina. El soldado le pegó con el cañón del arma sin ningún miramiento, sólo porque él era moreno. El chico relató el incidente con una sonrisa en los labios, como si hubiera sido una broma de mal gusto y nada más. Al día siguiente el soldado había muerto acribillado por un avión americano que llevaba pintada en la carlinga una boca de largos colmillos. Esa boca sí que tenía dientes. De una sola pasada del avión, murieron en la plaza diez soldados, y ahora todo el mundo estaba convencido de que los alemanes estaban acabados.

—Yo les conseguiré buen vino —dijo. El mejor. Primitivo.

—Te lo pagaremos —dijo Marson.

El chico se alejó y menos de una hora más tarde volvía con dos botellas metidas debajo de la camisa. El vino era de color rubí y tenía un sabor muy fuerte, con un aroma complejo y un final largo y premioso. Marson se dio cuenta de lo malo que era el vino que habían estado bebiendo.

Regresaron borrachos a su unidad y se metieron en sus

tiendas respectivas como si aquello fuera una misión de reconocimiento.

De hecho, el ejército entero parecía confuso, como si no supiera dónde estaban sus propios soldados. Había también soldados de los otros ejércitos —británico, canadiense y de la Francia libre— y un batiburrillo de rangos, como oficiales asimilados y marinos mercantes. El cabo Marson y Saul Asch departían a ratos con esos otros soldados: hablaban de volver a casa y de que quizá la guerra terminaría antes de que los mandaran quién sabía dónde. Volvieron un par de veces al bar, y en ambas Mario les llevó vino bueno.

Otros soldados iban a la ciudad y se metían en líos. Uno en particular, un sargento de artillería, apuñaló a un hombre en una taberna tras discutir por una chica italiana. Hubo testigos, que atraparon al sargento y lo molieron a palos como a un perro en plena calle. El ejército iba a juzgarlo por intento de asesinato, pero finalmente los cargos quedaron reducidos a agresión con arma mortífera. Mario estaba al corriente de todos los detalles.

No había otra cosa que hacer aparte de descargar los barcos que iban llegando al puerto. Los barcos, a su vez, descargaban tropas, de modo que cada vez eran más. Había veces en que las playas estaban atestadas; era como en época de vacaciones allá en casa, sólo que con muy pocas chicas. Pero luego empezó a hacer un calor insufrible y varios hombres contrajeron la malaria y la fiebre papataci. Llegaron órdenes de prohibición de volver a entrar en la ciudad.

A primera hora de la mañana, cuando empezaba el calor, hacían instrucción. Los primeros días de un agosto bochornoso los pasaron sudando a mares y consumiéndose durante las largas horas de ocio forzoso.

El cabo Marson, a media escalada bajo la gélida lluvia cerca de Cassino, recordó el calor que hacía en Palermo y cuánto había odiado aquello.

Todos aborrecían la inactividad, la espera, el vivir con la mochila a cuestas, por no hablar de lo primero y más descorazonador, el hecho de estar lejos de casa. Esa palabra, «casa», tenía una resonancia que a uno lo atragantaba, y Marson pasaba las noches en vela tratando por todos los medios de que eso no se cruzara en sus pensamientos. Pensar, de por sí, era horrible; uno acababa siempre doliéndose de lo mismo. La idea de no volver a casa nunca más quemaba como el fuego, y Marson yacía de costado con las rodillas recogidas e intentaba rezar. Los rumores pululaban como una infección entre la tropa; se hablaba de que los italianos buscarían un armisticio y que eso podía significar el fin de la guerra. Tal vez no tendrían que pasar más que por este trago...

Las campanas de las iglesias tocaron el domingo, y la gente del pueblo comentó con orgullo que parecían sonar más claras y brillantes que en todo el tiempo de dominio fascista; y todos los comercios estaban abiertos. La gente iba y venía en bicicleta, en coches pequeños... Los niños jugaban entre los cascotes y el polvo y en los charcos de agua que se formaban con las escasas borrascas que venían del mar. Era una ciudad marítima y se estaba trabajando ya en los estragos de la invasión.

Y las fuerzas invasoras —una parte de ellas, en todo caso— permanecían fijas allí, sin otra ocupación que limpiar, hacer instrucción y esperar. Mario se aficionó a visitar el campamento para ver al cabo Marson. Comerciantes, clero y demás estaban autorizados también a entrar en el recinto. Mario lo hacía con botellas de vino escondidas bajo la camisa. «Para mi amigo, el del agujero en la sonrisa», decía.

En la ladera, bajo la lluvia, el cabo Marson y el soldado Asch estaban despiertos ahora. Marson decidió alargar un poco esta pausa, por el temblor en las piernas y las punzadas que sentía en el pie a cada paso. Joyner dormía, aunque a ratos sacudía las piernas. De vez en cuando emitía sonidos lastimeros. El viejo estaba inmóvil como un cadáver, la cabeza medio tapada por la capa. Marson le había dado su manta. Bajo el saliente de roca olía a sótano, aunque había también una fragancia a hojas putrefactas, mezclada con sus propios olores a humedad rancia.

—No quiero dormir —dijo Asch en voz baja—. Nunca más. Cada vez que me duermo vuelvo al puto desierto y veo ese tanque en llamas. Joder. ¿Te imaginas?

—Haces que lo vea hasta yo —dijo Marson.

—No creo que me dé miedo la muerte. Lo que me da miedo es sufrir.

Marson no dijo nada.

—Esa mujer se apagó sin más, como una lámpara. Muerta antes de tocar el suelo. Es peor que lo del tanque, y me asusta pensar que pueda soñar con eso también.

—¿Y si hablamos de otra cosa?

—Sí, claro. ¿Del baile de fin de curso?

Marson hizo caso omiso. Tiritó, y al momento sintió otra vez como si fuera a vomitar.

—¿Tú crees en Dios? —preguntó Asch.

—Sí.

—Yo creo que es todo la misma cosa. Quiero decir, una sola razón para todo: la religión, la filosofía y todo lo demás.

—¿Que las religiones son todas verdaderas, quieres decir?

—Bueno, sí, que todas existen por una misma razón. Se trata de explicar la cosa: por qué tenemos que morir. Todo se reduce a un penoso intento de afrontar ese hecho.

—Ya —dijo Marson—. Ésa es tu manera de verlo.

—Fíjate en las oraciones; siempre van sobre librarse de eso, de la gran y definitiva oscuridad. Hasta la última de las religiones. Yo creo que existen no porque exista un dios, sino porque existe la muerte. Todas intentan encontrar una explicación convincente a eso.

—No hay civilización o grupo social, o tribu, que no crea en Dios.

—¿En serio?

—Supongo que necesitamos un dios.

—¿Eso es todo? Y tú eres religioso. ¿Es una decisión práctica, entonces?

—Sí —dijo Marson. Y luego asintió—. Claro, ¿por qué no? Una decisión práctica.

—¿Sólo porque lo necesitas?

—Mira a lo que lleva eso. Dime una sola cosa que los humanos necesitemos y que no exista. Necesitamos alimentos, hay alimentos. Necesitamos aire, pues hay aire. Necesitamos amor, hay amor. Necesitamos esperanza, hay esperanza.

—Vale. ¿Y qué me dices del dinero?

—No me negarás que existe el dinero, ¿verdad?

Asch meditó la pregunta.

—Y luego está cómo vive cada cual —le dijo Marson—. Lo que cada uno hace mientras está aquí.

—Como matar a sangre fría a una mujer indefensa, ¿no?

Marson guardó silencio.

—Sí —dijo Asch—. Y todo esto... Toda esta destrucción... Eso también es una consecuencia. Y la cosa seguirá así hasta el fin del mundo, o hasta que encuentren la manera de matar a todo quisque.

—Como te vengo diciendo, Asch, eres el tío más morboso que he visto jamás.

—La verdad os hará libres.

—No quiero hablar de esto —dijo Marson—. ¿Tú te crees que no he pensando en todas estas cosas?, ¿que no he tenido exactamente esos mismos pensamientos? No quiero hablar de ello ni pensar en ello. No sirve de nada. Al menos ahora. En medio de todo este desastre.

—Joder —dijo Asch—. Yo sólo estaba... conversando.

—En eso que decías, lo que pasó abajo en la carretera, estoy de acuerdo contigo —dijo Marson después de otra pausa—. Pero tenemos que pasar esta noche, ¿no crees? ¿De qué sirve que discutas con Joyner?

—No lo sé. Él está convencido de que todo es una broma, una mala pasada que nos gastamos los unos a los otros.

Marson echó un trago de la cantimplora y luego estiró el brazo para que cayera dentro la lluvia.

—Tengo suficientes imágenes feas en la cabeza como para dos vidas seguidas —dijo Asch—. No sé cómo me voy a librar de ellas.

Marson pensó en los ojos del alemán al que había disparado, en las pantorrillas sucias de la mujer sobresaliendo de la hierba mojada.

—No creo que ninguna maldita iglesia me ayude —dijo Asch—. Ojalá fuera así. Me pondría en el banco de la primera fila.

—Haz como si tuvieras fe y la fe vendrá por sí sola.

—No me digas. Y tú te lo crees.

El cabo Marson recordó haber oído misa en Palermo. El capellán de la compañía, un cura medio calvo llamado Prentice, pronunció las palabras *hoc est enim corpus meam* y levantó la hostia, y Marson creyó notar cómo fluía en él la fuerza de las palabras y de su significado. La iglesia era un edificio semiderruido por las bombas, una especie de centro comunitario, y al terminar la misa dos soldados entraron como si tal cosa charlando sobre lo fría que estaba el agua en la playa, y con ademanes que sólo el hábito podía dar procedieron a retirar el crucifijo y el tabernáculo, llevándoselo todo a un aparte como quien retira unos muebles. Marson, que se había quedado allí para rezar, quedó anonadado. La visión lo perturbó durante unos días, irrumpiendo en el flujo de sus pensamientos. Tenía la desagradable sensación de haber sido testigo privilegiado de un sórdido secreto. Siempre había tenido tendencia a concentrar su atención y eludir pensamientos no deseados.

—Supongo que primero habrá que ir al cuartel general del batallón, ¿no? —dijo Asch.

—Existe la cadena de mando.

—¿Quieres hablar de ello con Glick?

—Imagino que es mejor con el capitán. Un oficial, el que sea.

Un poco más tarde, Asch dijo:

—¿Tú crees que algún día dejará de llover?

—No.

—Ojalá estuviéramos en Palermo.

—Ojalá estuviera yo en Washington, DC.

—¿Crees que Glick le pegaría un tiro a alguien para impedir que se chive?

—Oye, acabo de decir que ojalá estuviera en Washington —replicó Marson—. Mira, ¿por qué no intentas dormir un poco?

—No puedo descansar. Cierro los ojos, me duermo y ya empieza el festival con el maldito tanque. —Hecho un ovillo contra la base de la roca, Asch parecía un niño mofletudo con unas prendas demasiado grandes para él.

Permanecieron callados durante unos minutos, y luego Marson vio que el otro finalmente se había quedado dormido.

El boquete que el cabo Marson tenía en los dientes era consecuencia de un pelotazo que había recibido cuando tenía alrededor de quince años, la edad de Mario ahora. Había sido una pelota de béisbol. El golpe le había saltado un diente, dejando un hueco que los otros dientes casi habían cerrado al crecer en esa dirección. Le explicó todo esto a Mario, el cual ya sólo quería hablar de béisbol todo el tiempo, pues, según sus palabras, era un fan de los Yankees de Nueva York. No había nadie en el mundo que adorara como Mario, según el propio Mario, a los Yankees, pero, puesto a elegir un jugador, su preferido era Mel Ott, de los Giants neoyorquinos, que siempre levantaba la pierna izquierda al batear y aun así conseguía anotar *home runs*.

—Ya sé que no ha anotado tantos *home runs* como Babe Ruth, es verdad, pero Ruth no tiene el problema de levantar la pierna cuando batea, ¿no es así?

—Así es —dijo Marson, divertido—. Sabes más de esto que muchos norteamericanos.

—Es que soy un fan. Por el diccionario sé que la palabra viene de «fanático». Son sus tres primeras letras.

Marson rió.

—Caray, ésta no me la sabía yo.

—A mí me encanta todo lo de América —dijo Mario, sacando pecho.

—Pues estoy asombrado. Y eso que sólo pasaste allí un verano.

—Me mantengo al corriente leyendo la prensa.

—Ya lo veo.

Mario se encogió de hombros y sonrió a medias, enseñando su boquete en los dientes.

—Bueno, a Ruth no pude verlo.

—Cuando tú llegaste, él ya se había retirado hacía tiempo.

—Sí, claro. Jugó un año con los Boston.

—Exacto.

—Pero ya era una leyenda, por lo que hizo antes, ¿no?

Marson sonrió.

—Sí.

—Pero la gente me contaba anécdotas sobre este hombre que era tan grande en todo, un *personaggio leggendario*, toda una leyenda.

—Sí, un hombre con una enorme tripa de tanto pasarse —dijo Marson, formando con los brazos una imaginaria barriga a su alrededor.

—¿Pasarse? —preguntó Mario—. ¿Quiere decir que estaba gordo?

Marson se lo explicó.

—Ah —dijo el chico—, como mi amigo el del boquete y su amigo Asch.

—Sí, claro. —Marson sonrió—. Lo mismo pero menos.

—Un poquito —dijo Mario—. Menos. Sí.

—Y él, Ruth, tenía unas piernas como palillos y podía zamparse veinte cervezas y dieciséis perritos calientes, y aun así ir al estadio y anotar tres *home runs* en un solo juego.

—Y además construyó el estadio.

—Bueno, en sentido figurado —dijo Marson.

—¿Qué es eso de figurado?

—Como una imagen. Una manera de hablar. No es que lo construyera él con sus manos.

Mario se puso a pensar. Su expresión absolutamente concentrada lo hacía hermoso, bello. Robert Marson sintió un repentino afecto hacia él. Por momentos tuvo el deseo y la esperanza de que, si vivía para engendrar hijos varones, fueran todos tan curiosos, expresivos y listos como este muchacho encantador, este chaval de piel morena que tenía costumbre de leer periódicos en inglés y escuchar la radio para no perder el idioma que había aprendido en tres felices meses pasados en Nueva York.

—Yo sólo pude ver a Gehrig y a ese diestro, DiMaggio —dijo Mario.

El cabo le dio unas palmadas en la espalda y le dijo:

—Eres una buena persona.

Mario estaba pensando en lo de ver al gran Gehrig.

—Un magnífico jugador, sí, pero también diestro.

—No —dijo Marson—. Gehrig era zurdo.

—¿Era?

—Estoy seguro.

—No, me refiero a que lo ha dicho en pasado. ¿Es que ha muerto?

Marson hizo que sí con la cabeza.

El chico se puso ceñudo mientras procesaba la información. Con los largos dedos de su mano izquierda se frotó los labios y luego se miró los dedos como si buscara alguna respuesta en las líneas de su palma.

—Creo que lo había leído —dijo, suspirando, y agregó—: Sí, estoy seguro de que lo leí.

—Un gran jugador de béisbol —dijo Marson, que quería cambiar de tema.

—O sea que Gehrig, Ruth y Ott eran los tres zurdos, ¿no? Yo también soy zurdo, sabe. Me encanta la gente zurda, y me siento como un hermano de todos ellos.

Robert Marson no quiso decirle, como de hecho estuvo muy tentado de hacer —en virtud de la maleable y amistosa rivalidad entre chicos—, que él había sido bateador (zurdo) durante dos años en los Senators de Washington. Decirlo habría supuesto tener que hablar de ello, y él ya no quería hablar ni pensar en su casa, en jugar al béisbol, pues eso lo dejaba con el ánimo por los suelos y le hacía más consciente aún de donde se encontraba en realidad.

Cada mañana rezaba pidiendo la fortaleza necesaria para hacer lo que había que hacer, y cada minuto sentía ganas de acurrucarse y llorar. Guardaba todo esto muy dentro de sí y en ningún momento permitió que saliera a la luz.

El tiempo transcurría más despacio de lo que él habría podido imaginar jamás. Le dio por intentar engañarse a sí mismo no mirando la hora. Hacía lo que hubiera que hacer, pero olvidándose del reloj, convencido de que de este modo las horas pasarían más deprisa. En eso estaba una mañana, poniéndolo en práctica mientras barría los desperdicios de la larga plataforma en donde se había improvisado un comedor. Había visto que eran las siete y cinco y procuraba no mirar el reloj mientras barría mecánicamente, imaginando lo que estaría haciendo la gente allá en Washington, ahora de noche, la hora de los clubes nocturnos, la hora de la conversación y de la música, cuando aparecían las guapas fotógrafas sacando instantáneas de todo el mundo que luego intentaban vender, y las vendedoras de cigarrillos yendo y viniendo con todo el surtido de tabaco en sus pequeñas bandejas de madera; era la hora en que la gente salía de los cines y bostezaba en la calle, esperando al taxi que los llevaría a un sitio tranquilo para tomar un combinado o un café. Las siete y cinco de la mañana en Sicilia; Marson se imaginó todo eso, como si estuviera sumido en un sueño, y cuando decidió desconectar tuvo el convencimiento de que al menos esa hora del sueño tenía que haber transcurrido en la realidad. Miró la hora: eran las siete y nueve.

Sólo cuatro minutos.

Hubo de ahogar un aullido de rabia y de frustración. Se arrancó el reloj y lo tiró más allá de la cerca de madera que limitaba el comedor improvisado. Pero luego, por la tarde, fue a buscarlo con la sensación de intentar encontrar algo muy preciado, y temiendo haberlo perdido para siempre. Cuando lo encontró, a la sombra de un árbol herido por la metralla, se quedó con él en la mano y se echó a llorar sin girarse siquiera para ver si estaba solo. Lo guardó entre sus cosas y, unos días más tarde, lo envió a casa con una nota en la que pedía a su hermano que se lo guardara.

La brecha entre los dientes le daba una expresión dura, decidida, mientras que Mario, con el diente que le faltaba, sólo ponía cara de bobo. Pero Mario no tenía un pelo de tonto. Estaba muy orgulloso de su contrabando y afirmaba conocer todos los escondrijos donde los italianos habían guardado el mejor vino para que no se lo bebieran los alemanes. Mario decía que los italianos —o, al menos, los sicilianos— odiaban a los alemanes mucho más que los americanos o que los *brits*, como él llamaba a los ingleses. Los alemanes, decía, no eran lerdos, pero sus creencias los volvían estúpidos y poco perspicaces. Creer en lo que creían les representaba un impedimento para captar ciertas cosas, como que los habitantes de una ciudad tan antigua como Palermo tendrían el valor y la inteligencia de esconder el vino bueno, por ejemplo. Y eso estaba pasando en toda Italia, afirmaba Mario con orgullo. Los alemanes se habían llevado la falsa impresión de que el vino italiano estaba muy sobrevalorado. Ah, pero Mario le proporcionaría a Robert Marson (él lo pronunciaba Mar-sone) unos caldos de calidad.

Todos estaban esperando órdenes. Llegaban rumores de que los alemanes se retiraban, pero se suponía que nadie debía mencionar una sola palabra al respecto. Contaban que el general Patton había pillado a dos soldados especulando sobre qué ciudad costera italiana iba a ser escenario de la invasión aliada, y había ordenado su arresto con la intención de fusilarlos por traición. Según las fuentes, el general Eisenhower lo había impedido. Patton había sido destinado al norte, lo cual alimentó el rumor de que la historia era cierta.

Así pues, a la hora de charlar, lo único que se podía hacer era hablar de casa. Porque «casa» era de hecho todo lo demás, todo lo que no era la guerra: mujeres, amigos, deportes, bromas, música, niños, comida, alcohol, coches, padres, colegio, viviendas. Eso era «casa». Pero hablar de casa hacía daño. Marson soñaba con Helen, soñaba que ponía las manos a cada lado de su bello rostro y que la besaba llorando. Se despertaba llorando también. Se enjugaba los ojos a oscuras, hundía la cara en la almohada, sufría a escondidas.

El tiempo refrescó ligeramente hacia mediados de agosto, y por las mañanas el cielo estaba azul y despejado sobre el azul más oscuro del mar. Los días pasaban despacio, y cada vez era más fácil creer que nada iba a cambiar.

Al anochecer se presentaba Mario, y Robert Marson lo llamaba, diciendo: «Ven a jugar al póquer con nosotros».

«Ok —solía decir Mario—. Pero luego no se quejen si pierden dinero.» Era como una fórmula, un rito protocolario. Todos esperaban ese intercambio de palabras, sin percatarse de que era, cada vez, exactamente igual. Mario les había contado que, mucho antes del ya famoso verano en Nueva York, su padre le enseñó a jugar. Su padre había aprendido el juego de los europeos que solían visitar la isla antes de Mussolini, la guerra y los alemanes, cuando Sicilia, como buena parte de Italia, era un lugar donde los ricos venían a gastarse el dinero. «Acabarán debiéndome hasta la casa —decía Mario—. Los voy a desplumar.» Eso le recordaba a Marson algo que había leído una vez: en una ocasión, jugando una partida de cartas con sus captores, los galos, César había reiterado en un tono muy jovial que pensaba fugarse y que luego volvería y los haría ahorcar a todos... Cumplió su palabra. Y César era italiano. Y las matanzas habían perdurado a lo largo de los siglos. Marson tuvo ese pensamiento, consciente de su inutilidad. Al final no le dio la menor importancia, pero, al mirar sus propias manos sosteniendo las cartas, deseó que no murieran nunca, deseó que todo fuera diferente y mejor en el mundo.

Mario era un desastre jugando al póquer, un simple aficionado que se despistaba a cada momento, que sólo quería charlar y contar historias o que se las contaran, y a quien el dinero no parecía importar lo más mínimo; no tardaba nada en perder el poco que tenía (tampoco sabía nadie de dónde lo sacaba), y Robert Marson le prestaba algo a modo de trueque.

—Mario —le decía, después de unas cuantas manos—. *Vino*.

—¿Chianti, *signor* Mar-sone?

—Esta vez que sea un Montepulciano.

—Serio.

Ésa era la palabra que empleaba, y Marson sabía en qué sentido lo decía el muchacho, sin necesidad de pensarlo. Era algo entre ellos dos, una forma de respeto. Si alguien pedía un vino de calidad y sabía apreciarlo, era «serio».

Marson entendía un poco de vinos porque su padre le había enseñado. El viejo Charles elaboraba su propia cerveza, y en el verano de 1929, cuando Marson tenía doce años, los obreros de la construcción de Piqua, en Ohio, localidad donde residía entonces la familia Robert, solían presentarse en la casa y decirle a la madre de Robert: «Señora Marson, ¿podría darnos un poco de cerveza fría, de esa que hace Charles?». En Piqua todo el mundo conocía a Charles por la cerveza casera y por lo mucho que sabía de vinos: blancos alemanes, claretes y borgoña franceses. Pero los preferidos del viejo eran los italianos y los españoles. Chianti, garnacha... Y la cerveza, claro; cuanto más fría, mejor. Cuando Marson cumplió los quince, su padre le dio una jarra helada de *lager*. «Esto puede proporcionarte todo el placer del mundo si aprendes a saborearlo, y no a pretender que te dé consuelo o fortaleza.»

Con veintiséis años cumplidos, Marson era un joven familiarizado con todos los posibles placeres del buen beber.

—Mario —decía—, *vino*. Que sea un Valpolicella.

—Serio —respondía Mario.

Robert Marson y Saul Asch lo seguían hasta el límite del campamento y lo veían alejarse por la larga perspectiva del callejón en sombras, tierra adentro. El muchacho se iba difuminando en la distancia y la oscuridad, y ellos volvían a la partida, que alumbraban mediante una vela metida en una botella de chianti. Al poco rato Mario volvía con el vino, tres o cuatro botellas sin etiquetar. Era siempre un vino seco y fresco, y lo bebían en vasos o jarras de agua, sentados a la luz palpitante de la vela y rindiéndose a la modorra. Por la noche Marson se acostaba en su jergón y, pese a sus denodados esfuerzos, pensaba en la pequeña cicatriz en forma de media luna —resultado de una caída a sus cinco años— que Helen tenía junto a la comisura derecha de la boca y que se le ensanchaba al sonreír.

El cabo Marson, viendo que era el único que estaba despierto en la gélida oscuridad, decidió montar guardia por los demás. Tal vez dejara de llover por fin y así podrían reanudar la marcha sin empaparse. Abrió una lata de raciones e intentó comer. Su estómago no quiso aceptar alimento. Dio unos pasos hacia el aguacero y vomitó lo poco que había ingerido.

Se dijo a sí mismo que las cosas habían ocurrido demasiado deprisa para poder pensarlas. Reprodujo toda la secuencia mentalmente: los dos bultos humanos entre el heno fangoso, como si estuvieran hechos de eso y no de carne y huesos, surgiendo de allí con una sarta de epítetos, después los disparos de la Luger negra, Hopewell y Walberg cayendo, y el disparo que él mismo había hecho, abatiendo al hombre de pelo rojo y ojos verdes. Todo ello pareció suceder ajeno al tiempo, y luego, mientras el cabeza cuadrada agonizaba y la mujer seguía chillando, el tiempo se ralentizó y Marson no pudo apartar la vista de la mirada de asombro de los ojos del alemán, hasta que oyó el último disparo y, al darse la vuelta, vio caer a la mujer, vio las piernas elevándose en el aire con aquella cómica inercia para descender de nuevo. En ese momento tendría que haber plantado cara a Glick. Lo cierto era que se había quedado quieto, mirando, entre asqueado y estupefacto. Esa sensación no lo había abandonado todavía.

Veía a Walberg y a Hopewell esa mañana, antes de que pasara todo aquello. No podía evitarlo. Veía a Hopewell hablando de Miami: el aire cálido que llegaba del mar; las apacibles noches en el sonido del oleaje.

—Inténtalo si puedes, tío. Piensa en la música de la costa —dijo Hopewell—; esas olas vienen rompiendo así desde hace millones de años. Hace que te sientas minúsculo. Te hace ver lo pequeño que eres y lo insignificantes que son tus problemas. Inténtalo si puedes. Piensa en toda esa agua moviéndose eternamente bajo las estrellas y bajo el sol.

Usaba con frecuencia esa frase —«inténtalo si puedes»—, que repetía a veces sin darse cuenta.

Y McCaig había dicho:

—Inténtalo si puedes, Hopewell. A ver si te das cuenta de que no paras de decir chorradas.

—Pero si es verdad —replicó Hopewell—. Yo diré muchas chorradas, vale, pero eso no quita que todo eso sea verdad. Porque lo es.

Y a Walberg, hablando de su padre. Siempre para resaltar sus proezas, su ingenio. O sus aventuras, algunas de las cuales exageraba de manera poco convincente.

—Mi padre puso una manta en el suelo y sacó la comida para su primera clase con estudiantes de segundo curso; era un picnic, ¿sabéis?, en medio del Lincoln Memorial. Justo debajo de la estatua del presidente.

Sus oscuros ojos denotaban algo parecido al temor, como si comprendiera perfectamente que nadie le iba a creer, y, sin embargo, no podía renunciar a explicar la historia. Probablemente se trataba de una anécdota que contaba su padre. Y era evidente que, ya fuera por amor o por orgullo, él sí la creía. Walberg: aquel muchacho torpe, de pies grandes, con un mentón blando que le daba aspecto de estar a punto de romper a llorar. Walberg no supo qué lo había matado, y ahora todo lo que tenía que ver con él había desaparecido: el recuerdo y las anécdotas, y la esperanza de ser tan gracioso y ocurrente como los demás —el deseo de ser un buen narrador de historias, como lo era Marson—, y también las generaciones: sus hijos y los hijos de éstos. La idea impregnó a Marson como un vapor malsano.

Veintidós años. Walberg. Sus padres probablemente no estaban al corriente de lo ocurrido. También los padres de Hopewell, como tantos otros, debían de estar en la inopia sobre lo que se les avecinaba desde el otro lado del océano. Y Hopewell sólo tenía veinte años; a esa edad, Robert Marson estaba lanzando pelotas de béisbol en Charlotte, en Carolina del Norte.

Volvió al saliente de roca y le dio un codazo a Asch para despertarlo.

—Todavía no, coño —protestó Asch.

—Dime una cosa —inquirió Marson—, ¿por qué no has dado parte de lo de la mujer?

—No sé. Déjame en paz, déjame descansar.

—Cuando yo tenía doce años vi a dos tipos que se peleaban. Era la primera vez que veía algo así. El ruido que hacían los puños al dar en la cara del otro. Eran dos adolescentes. Boxeaban con buen juego de piernas, ¿sabes? El uno avanzaba y el otro retrocedía; el que avanzaba tenía sangre alrededor de la boca, una línea apenas. Debieron de recorrer más de un kilómetro bailando de aquella manera. Y yo los seguía.

—Me alegro por ti —dijo Asch—. ¿Se puede saber qué mierda me estás contando?

—Estaba fascinado.

—¿En serio?

Tras otra pausa, Asch dijo:

—¿Insinúas que nosotros estábamos fascinados?

—No. Yo qué sé. Me ha venido a la cabeza, nada más.

—Para que lo sepas —dijo Asch—. Yo primero no me lo creía, pero después sí. Y no tenía nada que ver con la política ni con la liberación de Europa, ¿entiendes?

—¿No podríais callaros de un puta vez, tíos? —protestó Joyner, incorporándose.

—Habrá que ponerse en camino —dijo Marson.

Pero se quedaron los tres muy quietos, escuchando. Algo se movía entre los árboles. Se pegaron a la roca, tratando de distinguir algo en medio del rumor de la lluvia. Angelo se incorporó de repente, y el sonido misterioso cesó. Ahora todos oteaban la pluviosa oscuridad; el viejo se retorció las manos y murmuró algo como si estuviera rezando. Transcurrieron tal vez cinco o seis minutos sin que nadie se moviera de sitio, la mirada fija al frente. Volvieron a oírlo, incrustado en el repiqueteo de la lluvia.

Un momento después, con una suerte de altiva despreocupación, un ciervo pasó despacio por delante de ellos. Era una hembra; se detuvo un instante para mirarlos, ni muy curiosa ni poco, y siguió adelante, ladera abajo, pisando limpiamente la alfombra de hojarasca empapada.

—Como baje a la carretera, más de uno cenará carne esta noche —dijo Asch.

Se quedaron otra vez callados, una especie de secuela tras el susto de que pudiera haber alguien, aparte de ellos, en la oscuridad. El cabo Marson ofreció agua de su cantimplora a Angelo, y el viejo sacó un frasquito de algo que olía a *peppermint*: era *schnapps*. Echó un trago y le tendió la botella a Marson.

—*Per calore*. Calienta la sangre.

Marson tomó un sorbo. El líquido descendió ardiendo hasta su estómago e hizo que sintiera náuseas una vez más. Asch se había echado de nuevo, y también Joyner parecía estar dormido. Pero Joyner había visto la botellita y, aunque era abstemio, alargó el brazo para cogerla.

—Es *schnapps*, Joyner —le dijo Marson.

—Me da lo mismo. Estoy cagado de frío. —Se la llevó a los labios, bebió y dijo—: ¡Puaj! Sabe a puto caramelo. —Devolvió la botella—. Con una situación como la de ayer, todo el mundo debería tener la puta boca cerrada.

Marson hizo otro intento con el *schnapps*, y esta vez le entró bien. Cuando le devolvió la botella a Angelo, éste se la guardó debajo de la capa y empezó a cabecear y murmurar, con las manos tiesas sobre las rodillas.

—Pase lo que pase —continuó Joyner—, ahora somos todos culpables porque no dimos parte. Tenemos que salir de ésta como sea, joder.

La lluvia no amainaba. Marson pensó en su casa, pero en seguida intentó evitarlo. Nunca había visto que el mal tiempo durara tantos días.

Asch se incorporó y miró a su alrededor. Por lo visto, había estado soñando otra vez.

—Maldita sea —dijo, rechinando los dientes.

El viejo le ofreció la botellita de *schnapps* y él la cogió, echó un trago, se pasó la mano por la boca y le dijo a Marson, en voz baja:

—¿Dónde se mete Mario cuando lo necesitamos?

Marson se puso de pie, se alejó unos pasos y orinó en el incesante fluir de la lluvia montaña abajo. Marson era consciente de su humilde necesidad, a la que había respondido durante toda su vida, y estando allí de pie sintió como si fuera algo puesto en el mundo desde una distancia insondable, una especie animal distinta de la humana.

Había conocido a Helen a los dieciocho años. El noviazgo duró seis, después se casaron, y durante los diecinueve meses que llevaba en el ejército se lamentó pensando que pudo haber sido esposo y padre mucho antes. En aquella otra vida había recurrido al béisbol como excusa, una razón para no asumir responsabilidades. Eso lo sabía ahora. Siempre había dado por hecho que formaría una familia; creía en ello. Quería ocupar en el mundo la misma posición que su padre. Pero todo eso se lo había imaginado poniéndole distancia. Poseía un talento innato para lanzar pelotas de béisbol a gran velocidad. Cuando él lanzaba, la pelota brincaba y adquiría un extraño efecto. Era muy difícil batearle. Y le fue muy bien en la sucursal. Se habló de ascenderlo de categoría. Cada vez era más fácil creer que algún día iba a saltar al inmaculado césped de un estadio de una liga grande. Sí, tan bueno era. Y quizá ninguna otra cosa habría hecho sentirse más orgulloso a su padre. Pero el tercer año sufrió una persistente tendinitis en el brazo, y luego vino Pearl Harbor y la guerra se hizo cargo de él.

Su padre había trabajado en el astillero de la Armada a partir del 37, cuando trasladó la familia a Washington a raíz de la quiebra del negocio de maquinaria agrícola que tenía en Ohio. Consiguió el trabajo gracias al New Deal, y él era demócrata de los de Roosevelt. No se trataba de un automatismo: Charles Marson entendía de política y estaba tan al día de este tema como otros lo están de deportes. Sus padres habían llegado a Norteamérica procedentes de Francfort en 1893. Él era luterano de nacimiento, y le había jurado a una tía suya moribunda, la cual conocía su interés por una joven católica irlandesa llamada Marguerite, que jamás se convertiría al catolicismo. Charles desposó a Marguerite en 1916, con la promesa de educar a los hijos en la fe católica. Él no iría a la iglesia, pero se ocuparía de que los hijos sí fueran. La madre de Robert Marson venía de una familia de emigrantes irlandeses, los Delancey, que se había instalado en el valle del río Ohio mediado el siglo XIX. Habían llegado allí para librarse no de la opresión política o religiosa, sino del hambre. Marguerite tenía la extraña cualidad de ser muy devota y, al mismo tiempo, bastante tolerante. Entendía que hubiera gente diferente, y cuando los trabajadores de la zona iban a pedirle un par de botellas de cerveza casera, ella invariablemente se las daba, como la mujer que en tiempos de guerra proporciona alimento a soldados famélicos, sin haber probado ella ninguna clase de bebida alcohólica en toda su vida. Y todo eso antes de la Depresión y de la guerra.

Su marido era alto, fuerte, rubio, de mirada fiera, franco, un hombre cuyo respeto los otros deseaban, y la gente solía hacer lo que él les pedía. A veces hablaba como sentando cátedra; a sus hijos les era difícil creer que no estuviera convencido de la verdad de cada una de sus palabras. Robert sabía que la seguridad en sí mismo de que hacía gala su padre tenía un precio; por ser el mayor, había estado al corriente de las dudas y las preocupaciones que rodearon su decisión de mudarse a Washington. Charles había combatido en Francia durante la Gran Guerra. Tenía una cicatriz de metralla más abajo del codo —una media luna de carne un poco más clara—, y en la muñeca izquierda y el pómulo derecho se observaban sendos regueros de rasguños producidos por el metal. Era un hombre intensamente patriótico, y su hijo a veces creía entenderlo como una forma tácita —por no decir inconsciente— de compensación por el hecho de tener sangre alemana.

La última velada de Robert Marson vestido de paisano transcurrió en casa de sus padres, donde Helen y él vivían desde que se habían casado. La cena fue triste. Estaban todos: Robert, su hermano Jack —que no podía ir a la guerra porque sufría de asma—, su hermana pequeña —Mary—, Helen y los padres. La cena se vio interrumpida varias veces por los viajes de Marguerite a su cuarto para llorar quedamente con el rostro hundido en la almohada; siempre había tenido esa costumbre, cuando algo la apenaba hasta el extremo de echarse a llorar. Helen, sin embargo, no ocultó su llanto, sentada a la mesa con las manos apoyadas en la pelota de su vientre, donde estaba el bebé, sin probar bocado pero con un cigarrillo consumiéndose en el cenicero junto a su plato. Jack, que también estaba fumando, habló de lo mucho que le habría gustado acompañar a Robert. Él quería servir a la nación. Hacia el final de la cena, se levantó, subió a su cuarto y estuvo ausente un rato, y Robert pensó que quizá también estaría llorando con la cara pegada a la almohada. Pero Jack volvió a bajar y traía consigo el documento de propiedad del coche que Robert había comprado aquel verano, un sedán Ford.

—¿Qué es esto? —preguntó Robert, empezando apenas a comprender.

—Te lo tendré limpio como una patena —dijo Jack—. Y por descontado que nadie lo moverá de sitio hasta que tú regreses.

—¿Qué has hecho?

—Jack ha liquidado las letras —dijo el padre de Robert—. Ya es todo tuyo.

Robert se puso de pie y abrazó a su hermano pequeño. Luego se apartó, meneando la cabeza, y dijo:

—No tenías por qué, Jack. Pero no sabes cuánto me alegro de que lo hayas hecho.

—Eso pensé yo, que te alegrarías —dijo Jack, como si bromeara, pero sus ojos estaban a punto de desbordarse. Robert Marson se abrazó de nuevo a él.

En el momento de la despedida, dio un abrazo a Mary y después a su madre, permitiendo que ésta le tomase la cara con sus finas, nerviosas y frescas manos, que lo mirara a los ojos. Después estuvo un rato abrazado a Helen Louise, con una mano sobre su vientre, apoyada apenas. Su padre salió con él y lo acompañó hasta el final de la acera, donde un taxi esperaba a Robert para llevarlo a la estación. Jack, las mujeres y la niña aguardaron en el porche; Marguerite, con cara de congoja —pero ahora no lloraba, no iba a llorar—, y Helen, con las manos enlazadas sobre el feto que llevaba en su vientre, los nudillos blancos de tanto apretar los dedos. También ella contuvo las lágrimas. Mary, por su parte, estaba agarrada a la baranda del porche, sonriendo a Robert y hecha un lío por dentro; tenía solamente ocho años y le costaba entender todo aquel ritual: la despedida, los comentarios sobre la guerra y sobre lugares remotos. Marson agitó el brazo varias veces y les mandó un beso a todos. El anochecer era cálido. Las estrellas empezaban a asomar sobre los árboles de detrás de la casa. Se le ocurrió que toda esta escena, esta calle, estas personas, no las había sabido valorar en su momento. Simplemente había aceptado que aquél era su mundo particular. Le sobrevino un pensamiento: «Esto es el marco». La palabra «marco», en esa frase, le parecía preñada de un significado especial. No podía llamarlo su «entorno». Era otra cosa. Era su vida misma, una vida donde estaban contenidos el hogar, los coches aparcados, la casa, el cielo. Keirney Street, número 1236, Washington, DC. «El marco.»

Le faltó el aire.

Su padre quiso hablar un momento con él. Los demás eran sólo formas en su visión periférica.

—Tengo dos cosas que decirte —empezó el hombre, estrechándole la mano.

Robert Marson miró fijamente aquellos sombríos ojos azules, pues sabía que eso era lo que se esperaba de él. Ahora eran dos hombres cara a cara. Para el joven significaba mucho estar allí de pie con su padre, convertido en un hombre adulto que tenía mujer propia y un hijo en camino. Eso hizo que se atragantara un poco cuando intentó hablar, de modo que carraspeó y permaneció en silencio. Su padre le soltó la mano y, acto seguido, apoyó la yema del dedo índice, floja pero insistentemente, en el pecho de su hijo.

—Cumple con tu deber —dijo, y, cosa rara, fue a él a quien se le quebró la voz. Inspiró una vez, dio un paso atrás—. Y escribe a tu madre.

—Sí, señor —dijo Marson.

El viejo le puso las manos en los hombros, pero en seguida lo soltó.

—No lo olvides.

—No, señor.

—Venga, no vayas a perder el tren.

—No, señor.

El viejo tenía los ojos brillantes. Había venido de Alemania. Su padre jamás habló una sola palabra de inglés. Robert Marson miró hacia el porche, miró la cara angustiada de Helen, la de su madre, a Jack y a Mary, y levantó una mano para saludar. Finalmente, echó una última ojeada a la calle, a su padre y, con un gesto brusco, tiró la bolsa al asiento trasero del taxi y montó.

—¿A la estación? —preguntó el taxista.

Robert Marson era incapaz de hablar. Entre lágrimas que le nublaban la vista, vio que el hombre lo miraba una vez por el retrovisor. El taxista se inclinó ligeramente hacia la ventanilla del acompañante y le habló al padre del muchacho:

—Yo tengo un hijo que parte mañana.

El padre de Marson levantó una mano indicando que le había oído. Luego se acercó a la ventanilla del lado de Robert.

—Rezaremos todos por ti —dijo.

—Yo también rezaré.

El taxi arrancó y Marson vio cómo la figura de su padre iba haciéndose más pequeña en la luz menguante de la calle.

En la fría ladera de la colina —o montaña— cerca de Cassino, el cabo Marson dejó pasar la hora soñando con su casa. Todo aquello parecía haber ocurrido hacía un siglo. Quizá era aún peor: por las noches, no siempre, tenía la sensación de que todo lo había imaginado él. No llevaba ya implícito el peso del recuerdo, sino que estaba veteado de la insustancial sensación de lo imaginado cuando la facultad de imaginar es vaga o falsa. Marson no podía creer que nada de aquello hubiera ocurrido realmente.

Y aquí, en plena guerra, en medio de la estúpida prodigalidad de muerte que lo rodeaba, había sido testigo de un asesinato.

Vio que Benny Joyner se agitaba, abría los ojos. Joyner emitió un pequeño gemido e hizo intentos de mover los dedos. Luego se volvió hacia Asch, el cual produjo un sonido como si hablara, una palabra imposible de descifrar.

—Cállate, Asch —dijo Joyner y, mirando a Marson, añadió—: No es una colina. No vamos a descubrir nada escalando esta puta montaña.

Asch se incorporó y se llevó las manos a la cara.

—Yo digo que volvamos. Voto por regresar.

—¿No deberíamos volver? —le dijo Joyner al anciano, que no sabía que se estaban dirigiendo a él—. Eh, tú, Mussolini o como coño te llames.

Al oír ese nombre, Angelo le miró.

—*Come?*

—Se llama Angelo —dijo el cabo—. Es nuestro guía. Conoce estos senderos. De mí ya te acuerdas: soy el de los galones.

—Vale, vale. Pues pregúntale si esto es una montaña.

—*Montagna*. Sí.

—¿No te lo decía yo?

—Mira, Joyner —dijo el cabo—, cuando quieras largarte me avisas y ya está.

—Pero, tío —intervino Asch—, nadie nos ha dicho que teníamos que escalar una montaña.

Marson miró a Angelo e hizo un gesto interrogativo.

—Sí —dijo el viejo—. Hablo inglés. *Poco*.

—Muy bien, pues alaba al Señor y pásame la maldita munición —le soltó Joyner.

—Si no hacemos algo —dijo Asch de repente—, somos tan culpables como Glick.

—Ni hablar —dijo Joyner—. La culpable es esa tía por estar con quien estaba, y ya ha tenido su merecido. Quizá no te fijaste en que ellos mataron a dos de los nuestros.

—Los mató él; ella no hizo otra cosa que gritar. Y palmarla.

—Callaos los dos —ordenó Marson—. Ya no se puede hacer nada.

—Deja de hablar de eso de una vez —le dijo Joyner a

Asch—. Me saca de quicio. —Ahora se rascaba el brazo—. Todos estábamos conmocionados. Olvídalo ya, ¿quieres?

—Cuanto más esperemos, peor para todos.

—¿Tú tienes una radio? —le preguntó Marson—. ¿Eh?

Asch se limitó a devolverle la mirada.

—Llevaremos a cabo esta misión. ¿Entendido?

El viejo tuvo un ataque de tos, se escupió en las manos y luego apoyó las palmas en la nieve del suelo. Era muy extraño tenerlo allí, y costaba creer que no entendiera todo cuanto estaban hablando.

—En marcha —dijo el cabo Marson. Tocó al viejo en el hombro y era todo hueso. Por algún motivo, eso hizo que se le reprodujera la náusea. El viejo se incorporó, abrazándose las rodillas sobre el pantalón de arpillera. Transcurrieron unos momentos mientras procedían a recoger las mantas y el equipo, y el cabo Marson vio que el viejo se envolvía en aquella capa como de hule. Pensó en su padre y se preguntó si Angelo tendría muchos hijos o nietos, una esposa que viviera.

Durante una fracción de segundo se imaginó a sí mismo intentando contar a su propia familia lo del alemán y la mujer.

Meneó la cabeza, como si quisiera sacar algo de dentro del casco. El viejo italiano le miró con una pregunta en los ojos. Nadie habló. Se disponían a abandonar el saliente de roca. De pronto, pararon en seco: se habían percatado, todos a la vez, de que reinaba una quietud grandiosa, artificial, a la vez alarmante y atroz. Mirando las difusas formas de unos y otros en aquel reducido espacio, cayeron en la cuenta de que había dejado de llover.

Joyner tendió una mano, la retiró, pero parecía dudar y volvió a sacarla.

—Me cago en Dios —dijo—. Pero qué putada más grande. ¿Sabéis qué, tíos? Está nevando, ¡no te jode!

La noticia los dejó a todos inmóviles. Asch soltó algo así como un jadeo, se quitó el casco y miró, como si buscara algún secreto que hubiera escondido allí. Se lo volvió a poner.

—Creo que ya tengo los pies medio congelados —dijo.

Robert Marson se acordó de la ampolla que tenía en el talón izquierdo.

—Vámonos —dijo, poniéndose de pie.

Se apartaron del saliente de roca que les había dado cobijo y empezaron a trepar otra vez, con el viejo a la cabeza. Ahora sus movimientos parecían un poco rígidos, un poco más lentos. La nieve empezaba a cubrirlo todo, y el suelo se volvía blanco a su alrededor y también delante de ellos. Se acumulaba con rapidez en las ramas de los árboles y en todos los pliegues del suelo, reblandeciendo las grietas, las arrugas, las pequeñas crestas de la tierra, cubriendo la hojarasca como para ocultarlo todo bajo su blancura. Andar era cada vez más dificultoso. El rastro que dejaban era negro, y al resbalar quedaban en lo blanco franjas negras que parecían heridas. Los copos estaban cargados de humedad y caían con una especie de chapoteo silencioso, pero en realidad no se fundían al tocar el suelo; se adherían a la superficie, donde, segundo a segundo, la nieve se acumulaba con inverosímil rapidez, y el terreno era cada vez más empinado. Dos veces los hombres hubieron de detenerse mientras uno o el otro se levantaba tras una caída; primero fue otra vez Asch, después el cabo Marson, quien, al notar que perdía pie y se deslizaba cuesta abajo, pensó que empezaría a dar tumbos hasta la carretera. Sin embargo, pudo agarrarse a algo y recuperar el terreno perdido. Joyner le ofreció la culata de su carabina para ayudarlo a subir. El viejo los miraba desde la tiniebla de su capucha blanda. Era una forma oscura en medio del blanco. Todos ellos parecían sombras.

A Marson le dolía el pie cada vez más, era una progresión que no cesaba; desde el talón, el dolor se desplazaba hacia el costado del pie, y ahora sentía horribles punzadas que le subían hasta la cadera. Mandó hacer otra pausa, y los cuatro se apiñaron —una confusión de sombras, entre los negros troncos de los árboles y los peñascos— para combatir mejor el frío. Miraron en derredor.

—Yo creo que deberíamos bajar —dijo de pronto Joyner, rascándose otra vez el brazo.

Nadie respondió.

Marson hizo señas al viejo para que continuara, y siguieron subiendo.

—Menuda mierda —dijo Benny Joyner. Y su voz llevaba consigo el silencio de la nevada.

Marson pasó por alto el comentario.

Siguieron adelante, sin hablar, y ahora los resoplidos parecían sonar más fuerte. La nieve se acumulaba a gran velocidad, lo cual los obligaba a levantar más los pies, todo esto sin dejar de subir, y la profundidad de la nieve era otro impedimento.

Finalmente llegaron a otro trecho más o menos a nivel, como un rellano de escalera, el antepecho de una cima que daba a un claro. Los árboles se abrían a derecha e izquierda. Los cuatro hombres dieron unos pasos hacia la zona despejada. Era un prado. Desde allí podían ver el cielo —o una parte—, una cortina de nieve con la insinuación de la luna brillando detrás. Marson pensó que era luz, una especie de luz. El trecho nevado constituía un gran cambio respecto a los árboles, a la sensación de estar acorralados por los troncos mientras ascendían. Se dispersaron avanzando despacio por el claro. La nieve se extendía sin mácula, no había huellas ni huecos, ninguna señal de que alguien hubiera caminado por ella. Se detuvieron de nuevo al cabo de unos cincuenta metros. El viejo tropezó con una piedra oculta, asustando a los otros, que vieron cómo intentaba levantarse rápidamente. Al ayudarlo, el cabo notó que temblaba mucho. El viejo estaba calado hasta los huesos, la nieve cubría su cabeza y sus hombros. Marson desplegó su manta y se la puso encima.

—Puta ventisca —dijo Joyner—. Nos hemos perdido.

—Ya diré yo cuándo nos hemos perdido, si llega el caso —espetó el cabo Marson. Pero no creía sus propias palabras.

—Podríamos estar en cualquier parte de esta jodida montaña —le dijo Joyner—. Podríamos estar cuatro kilómetros carretera abajo. Lo sabes muy bien.

—Dirás carretera arriba, eso te lo aseguro yo —terció Saul Asch. Se sentó (fue casi como si se derrumbara) en la nieve.

—¿Cuánto queda? —preguntó Marson al viejo, que estaba allí de pie tiritando, sujetando la manta en torno a él.

—*Capisco. Non lontano.* No está lejos. *Ora è vicino.* Cerca. Cerca.

—El muy hijoputa está mintiendo —dijo Joyner.

Asch se había dejado caer de espaldas sobre su mochila, en la nieve.

—Cállate, Joyner —dijo.

—Silencio —dijo Marson—. Vamos a descansar un poco y luego seguiremos adelante.

—Nos vamos a quedar aquí hasta que la jodida nieve nos cubra a todos.

Nadie habló durante unos segundos. De repente se echaron todos al suelo, tratando de ver entre los árboles. Habían oído algo, un crujido, una rama que caía por el peso de la nieve, o quizá una pisada. Se dieron cuenta de que eran muy vulnerables.

—Adelante —ordenó el cabo Marson—. Por ahí. —Fueron hacia los árboles más cercanos, intentando apretar el paso, pero la capa de nieve lo impedía. Se veían obligados a levantar los pies, y la nieve los sujetaba, haciendo que su fuga fuese una pantomima en cámara lenta, una cosa ridícula, de payasos. Asch rió incluso, una vez, y su voz sonó como una soprano en el silencio sin eco. Marson le ordenó callarse. La ampolla en el pie inflamado convertía cada paso en una tortura. Pero consiguieron llegar a los árboles y se dispersaron entre los troncos, contemplando ahora la superficie del claro con sus huellas que se apagaban en la oscuridad.

Tras una larga espera, atentos a cualquier sonido, Joyner dijo en voz baja:

—Aquí no hay nadie salvo nosotros, coño.

—Vale —dijo Asch—, pues si quieres salir a ese claro, ya puedes ir pasando.

—No, yo quiero dar media vuelta y volver abajo. Ya lo he dicho antes.

—Aquí no podemos quedarnos.

La nieve caía sesgada ahora; el viento barría el trecho despejado.

—Vosotros sois cristianos —dijo Asch—. Creéis en un Dios vengativo, ¿verdad? Mía será la venganza y todo eso. Pues me parece que vamos a pagar por lo de ayer. Mejor dicho, creo que ya estamos pagando.

—Siempre con tus chorradas —replicó Joyner—. Métete la lengua en el culo, ¿quieres? Es nuestra religión; o sea, que somos nosotros los que iremos al infierno, no tú.

—Mira, Joyner, no vale la pena ni que conteste —dijo Asch—. Es increíble cómo te funciona la cabeza.

—Discutir ahora de esto es una estupidez —dijo Marson.

—No me quito de la cabeza la imagen de sus piernas —dijo Asch.

Marson estuvo a punto de decirle que a él también le pasaba otro tanto. Pero el hecho de saberlo le daba miedo. Tenía otra vez la destructiva sensación de que sus recuerdos, su conocimiento y sus sueños, las esperanzas y aspiraciones de lo que había vivido hasta la guerra, que todo ello estaba en una especie de gris e inerte suspensión. Incluido el deseo de ser generoso y de buscar la buena opinión de los demás. Todo eso estaba en otra parte.

Pero ahora no podía permitirse pensar en esas cosas. No podía dejar espacio en su cabeza para ello. Debía concentrarse en salir airoso del frío y la nieve y el viento que arreciaba.

Joyner y Asch estaban esperando a que dijese algo.

Miró hacia el campo nevado y consultó su brújula. Sacó el pequeño telescopio que llevaba en el cinto y barrió lentamente el claro. Sólo pudo ver nieve dejándose moldear por el viento.

—Seguiremos hasta que podamos ver qué hay más allá —dijo—. Nos mantendremos pegados a los árboles y después giraremos. —Agarró al viejo por el codo—. *Capish?* ¿Girar? ¿Conoces algún camino?

El viejo asintió, señalando hacia el límite de los árboles:

—Sí. Girar.

Se ciñeron todo lo posible a los árboles. Por el lado de donde soplaba el viento, la nieve que delineaba los troncos se levantaba en forma de un polvo que escocía al contacto con la cara. Robert Marson sentía ardor en el pie lastimado y al mismo tiempo lo notaba entumecido, como si la carne alrededor de la abrasión, y de allí hasta los dedos, estuviera muerta. Y la nieve convertía cada paso en una cruz, un martirio. Él intentaba hacer ofrenda del dolor, pero cada vez le era más arduo concentrarse. El viejo tenía las alpargatas apelmazadas de nieve, y temblaba de tal manera que hubo que parar otra vez. Marson les dijo a los otros que se arrimaran a él a fin de hacerlo entrar en calor. La manta del cabo estaba tiesa por el frío, adherida a la osamenta del viejo.

—*Morirò di freddo* —dijo Angelo, tiritando.

—No te entendemos —dijo Joyner—. Maldito cab...

—Cállate —le cortó Marson.

—*Morirò*. Muerte. *Inverno!*

—Sí —dijo Joyner—. Tú y todos nosotros.

—Tendremos que encender fuego —dijo el cabo Marson—. En algún sitio apartado del campo.

—Mierda. ¿Tú crees que será seguro?

Esperaron, mirando los cuatro hacia el claro que quedaba a su izquierda, como si quisieran detectar otra presencia humana en aquella extensión de blanco, en los troncos apretujados de detrás. No oyeron otra cosa que el viento y la nevada.

—No sé —dijo Asch—. Si hay alguien más, seguro que han encendido fuego. Si no, la palmarán.

Esperaron un rato más.

—Procuraremos estar despiertos y alerta —dijo finalmente Marson.

Los condujo hacia los árboles bordeando el claro. Llegaron a una especie de hondonada, una depresión en el terreno al abrigo de otro peñasco. Asch y Joyner fueron a buscar leña mientras los otros dos cavaban un hoyo bajo la curva que formaba la roca. Era difícil determinar dónde estaban, cuánto se habían apartado de la otra ladera. Podía ser que hubieran vuelto sobre sus propios pasos, en la dirección de la carretera. Sus huellas podían haber quedado borradas por la nieve. Según la brújula, no habían dejado de avanzar hacia el este.

Pero ahora lo más importante era ponerse a cubierto del viento helado.

Joyner y Asch eran dos espectros oscuros entre la cortina de nieve, en la amplia blancura de la que emergían los troncos ribeteados de nieve. Se los oía reñir, aun en medio de la ventisca. Marson y el viejo se sentaron codo con codo al amparo de la roca. Ahora caía aguanieve; el frío era muy intenso. Acurrucados bajo el declive, apenas a un paso del fragor de la tormenta, vieron a Joyner y Asch que volvían con los brazos cargados de ramas que el viento había hecho caer, y que ellos habían tenido que desenterrar de la nieve. La lumbre tardó un rato en prender, pero cuando lo hizo, se apiñaron todos junto a ella para sentir su calor.

Fue como sentir el calor primigenio del mundo.

El cabo Marson observó cómo la ceniza y las ascuas ascendían al viento poblado de copos de nieve, tomándolo como un anuncio de su posición. Pero ahora el único sonido era el crepitar del fuego y el murmullo de las ramas sobre sus cabezas. Cuajarones de nieve se desprendían de las copas de los árboles y caían como trapos entre las ramas.

Miró el rostro de Angelo a la luz de la lumbre. Estaba lleno de arrugas y tenía una expresión vagamente insincera; había algo raro en el modo como apartaba la vista. Tenía una nariz larga, los pómulos marcados y unos ojos muy hundidos que, al parpadeo de la lumbre, sugerían el cráneo oculto tras la carne. Las comisuras de su boca apuntaban un poco hacia abajo, y el ceño era permanente. En la frente tenía dos marcas, sendas uves invertidas, pequeñas cicatrices que hacían pensar en arañazos hasta que uno se daba cuenta de que era la forma en que las arrugas se juntaban en su frente, justo debajo de lo que antaño fuera la línea del pelo. Cuando abría la boca para hablar, podía verse que no tenía más dientes que los de delante y que, de éstos, los de arriba estaban en muy mal estado.

—¿Guía? —le dijo Marson—. ¿Tú sabes adónde vamos? ¿Explorador? ¿Aún eres el guía?

El rostro del anciano no registró nada.

—Joder —masculló Joyner.

Saul Asch estaba mirando hacia la oscuridad, pendiente de cualquier movimiento.

—Angelo —dijo Marson, intentando recordar el poco italiano que había aprendido de Mario, hacía meses (le parecían años), en Palermo—. *Perso?* ¿Perdidos? ¿Nos hemos perdido?

—Cerca —dijo el viejo, señalando con un gesto de cabeza en dirección al campo.

—Este tío no tiene ni idea de dónde estamos, igual que nosotros —dijo Joyner—. Habría dicho cualquier cosa para salvar el pellejo; pensaba que íbamos a pegarle dos tiros. Qué cagada.

—¿Podrías dejar eso de una vez? —protestó Asch.

—Sí, claro, metamos la cabeza en la nieve. Operación Avalancha, ¿recuerdas? Pues aquí estamos: enterrados en la puta nieve. —El desembarco en Salerno había sido bautizado como Operación Avalancha.

—Callaos los dos —dijo Marson—. ¡Basta ya!

—Yo voto por volver a la carretera. Mientras seamos capaces de encontrarla.

—Cerca —dijo Angelo.

—Ya —dijo Joyner—. Cerca. ¿Cerca de qué?

—*Non capisco.*

—Oh, claro, ahora no «capiscas» nada.

—Es una orden —dijo el cabo Marson.

Echaron algunas astillas más al fuego; las llamas crecieron y, por momentos, el calor fue más intenso. Asch se acercó al círculo y arrimó las manos mientras Joyner dirigía su arma hacia el campo, donde la nevada empezaba a amainar. En lo alto, las nubes parecían querer abrirse, la cortina era ya menos espesa y dejaba pasar algo del claro de luna.

Los problemas entre el cabo Marson y Benny Joyner habían empezado en Palermo. Joyner estaba demasiado preocupado por el reglamento y no le gustaba el asunto del vino. Era de una familia muy sensible a la abstinencia. Ninguno de ellos bebía, ni siquiera cerveza. Él había tenido úlcera de estómago cuando iba al instituto, y su madre sufría de ello desde siempre. Joyner participaba en las partidas de póquer, pero no fumaba ni bebía, y el cabo Marson hacía ambas cosas, lo mismo que Asch y los otros. Su amplio repertorio de insultos y palabrotas no parecía encajar en esa actitud, pero Joyner no veía hasta qué punto era esto irónico. El lenguaje que utilizaba a diario era exclusivo de sus creencias sobre la conducta correcta en relación con el alcohol y el tabaco. Mario, que captaba muy bien cualquier sutileza entre los soldados, se había dado cuenta de ello y empezó a buscar la manera de pinchar a Joyner con el vino. Se lo ofrecía cada vez que agarraba la botella para servirles más a Marson, Asch o alguno de los otros. Joyner intentaba no hacer caso, pero se notaba que eso empezaba a molestarlo.

«Ah, es verdad. *Il signor* Joyner no bebe», decía Mario. Era como si, cada vez, se viera obligado a hacer memoria de ese detalle.

Durante la instrucción para el desembarco, cuando estaban todos juntos en una de las lanchas y Joyner soltaba una retahíla de tacos, Marson repetía palabra por palabra la frase de Mario, con el mismo tono ligeramente burlón.

En aquel entonces ambos eran soldados rasos: bisoños, asustados y antagonistas.

La habilidad de Marson para contar historias era motivo de agravio para Joyner, el cual creía que se le daba bien hacerlo. A los demás les parecía que Marson había llevado una vida más interesante, y, por supuesto, era mayor que muchos de ellos. Durante su estancia en el campamento de reclutas, Marson había conocido episodios de crasa estupidez por parte de un muchacho de Tejas, un tipo muy bruto llamado Wagoner, que se emborrachaba prácticamente a diario y que merecía todo cuanto su estupidez le reportaba. Marson contaba la anécdota de que Wagoner, tras ser degradado a raíz de una pelea en una taberna dentro del perímetro de la base, lo había abordado para preguntarle qué podía hacer con el trecho oscuro que le había quedado en la manga, donde antes tenía el solitario galón. Marson, que contaba con la confianza de Wagoner porque sabía contar historias y porque éstas se ganaban la atención de los demás, le dijo que consiguiera unas plantillas de letras en el almacén y se pusiera «NI CASO» en las mangas. Así lo hizo Wagoner, y ese día se paseó por el campamento durante horas, hasta que un sargento reparó en él y le echó un rapapolvo por no ir bien uniformado.

Y continuó Marson:

—El instructor no paraba de gritarle al tipo: «Maldita sea, Wagoner, ¿no sabe que estamos en guerra?». Y Wagoner le decía: «Pues claro, mi sargento, ¡y espero que la ganemos!». No sé de dónde sacaba la priva, pero cada mañana apestaba a alcohol.

—Usted no sabe de dónde saco el vino —dijo Mario—, pero yo no soy malo ni tonto.

—Tú nos lo traes, amigo Mario. Este tío, en cambio, se lo bebía todo. Jamás le daba nada a nadie, como no fuera un mamporro o un soplamocos.

A Mario le gustó tanto la historia del galón y la plantilla, que se hizo poner «NI CASO» en las mangas de sus camisetas, y siempre insistía para que Marson le contara más anécdotas del tal Wagoner. Como cuando lo sacaron del barracón, dormido en su litera, y lo dejaron en la calzada de gravilla que atravesaba el centro del campamento; o cuando se emborrachó con Aqua Velva y sufrió un desmayo haciendo cola para el papeo; o desenrollando su petate para poder dormir más a gusto mientras estaba de guardia en unas maniobras. Fue esto último el motivo de que lo expulsaran por ser un desastre, alguien incapacitado para el cumplimiento del deber.

La palabra «desastre» se convirtió en una de las expresiones preferidas de Mario, que no desperdiciaba ocasión de usarla cada vez que Joyner rechazaba un nuevo ofrecimiento de vino.

—¿Más vino, *signor* Joyner?

—Ni siquiera te voy a contestar.

—Ah, es un desastre —decía Mario. Estaba claro que era amigo de Robert Marson. Y cuando recibieron órdenes y estaban todos preparando el equipo para lo que sabían iba a ser un desembarco anfibio en el continente, Joyner se acercó un día a Marson y le dijo:

—Tu conejillo de Indias tiene algo para ti.

—Ojalá pudiera llevarlo conmigo —le dijo Marson—. Llámale conejillo de Indias otra vez y te arreglo la sonrisa de por vida.

—Inténtalo —dijo Joyner.

Se encontraban en mitad del campamento, que estaba siendo desmantelado, muy cerca el uno del otro. Durante unos segundos ninguno de los dos se movió.

—¿Y si te guardas la mala leche para los nazis y los fascistas? —dijo Joyner.

—No, si no es mala leche —dijo Marson—. Hablo muy en serio.

—Bueno, veamos si hablas tan en serio dentro de diez minutos.

Alrededor de ellos, los hombres estaban metiendo sus cosas en talegos y mochilas. Reinaba una cierta excitación. Se avecinaba una gran operación de transporte de tropas y suministros. Iban a estar en mitad de la guerra, y todos lo sabían. Sabían que muchos de ellos morirían pronto. Ser conscientes de ello era como un paño mortuorio que lo cubría todo, haciendo que el sol y la brisa del mar les parecieran cosas fuera de lugar, aun siendo en sí mismas insoportablemente preciosas.

—Tu amiguito tiene algo para ti —continuó Joyner—, y no me refiero al vino de los cojones. —Señaló hacia las tiendas que estaban siendo desmontadas. Allí estaba Mario, junto a un niño pequeño y un hombre. Éste tenía un brazo sobre los hombros de Mario. No los dejaban entrar en el campamento. Marson se acercó a ellos.

—*Signor* Mar-sone. —Mario sonrió alegremente con su boca parcialmente desdentada—. Le presento a mi padre. Se llama Giuseppe.

Giuseppe estaba cuadrado. Tenía las espaldas anchas, los brazos gruesos y musculosos, unas manos de aspecto áspero. Los rasgos de su cara eran grandes: nariz ancha y redonda, ojos de párpados caídos, y el pelo le crecía bien entrada la frente. Dijo algo a Marson en italiano, miró de reojo a Mario, luego de nuevo a Marson.

—*Per favore* —dijo.

—Lo siento —dijo Marson—. *Non parlo italiano.*

—Éste es mi padre —dijo Mario—. No sabe mucho inglés; por eso le habla en italiano. —Hizo un ademán como para presentar al niño, empujándolo suavemente por detrás para que avanzara un paso. El niño era más moreno aún que Mario, de aspecto huraño, con una pequeña cicatriz violácea con forma de anzuelo en el lado izquierdo de la boca—. Mi padre desea que se lleve a mi hermano consigo a América —dijo Mario.

Marson se lo quedó mirando y luego miró al niño, que estaba cabizbajo, con las manos juntas al frente.

—*Per favore* —dijo el hombre—. *Per favore.*

—Yo... —empezó Marson.

—Sé que no puede llevarse a dos de nosotros. Y mi hermano no ha estado nunca en América. —La mirada de Mario denotaba una especie de afligida humillación, una pesadumbre, pero también algo de orgullo y de ira—. Debe llevárselo, por el vino, *signor* Mar-sone.

—Un momento. Santo Dios. Vamos a ver —dijo Marson—. ¿Te crees que...?

—El Duce no va a durar —le cortó Mario—. Italia se rendirá. Esto se acaba. ¿Lo hará usted?

—Pero si yo no me voy a América. —Marson sintió cólera e intentó reprimirla—. Mira, ojalá fuera así, Mario. Lo más probable es que me maten mañana mismo. A mí y a la mayoría de nosotros. No vamos a... Nos llevan al continente. Es la invasión. Explícaselo a tu padre. Es una invasión, ¿entiendes? No nos marchamos a casa. Vamos a la guerra.

El hombre dijo algo más en italiano y luego se dirigió a Marson.

—*La mia famiglia*. Familia.

—Sí, comprendo —dijo Marson—. La mía está a ocho mil kilómetros de aquí.

El hombre se lo quedó mirando.

—*Capisco* —dijo Robert Marson.

—Sí. *Come voi, amo la mia famiglia.*

—Como usted —tradujo Mario—, él ama a su familia. —Ahora su mirada era casi feroz.

—Lo he entendido —dijo Marson—. Ojalá pudiera ayudaros.

Mario le dijo algo en voz baja a su padre, el cual pareció por momentos un poco confuso; luego, sin embargo, muy lentamente, su cara reflejó la resignación de alguien acostumbrado a que las cosas salgan mal. Con un gesto triste, cogió al niño de la mano y dieron media vuelta.

—Yo el vino lo vendo —dijo Mario—. Me refiero a los demás.

—Ya.

—A usted se lo regalo. Porque tiene un boquete en la sonrisa.

—Ya lo sé. Ojalá pudiera hacer algo más. —Marson tenía en el bolsillo veinte dólares en papel moneda provisional. Metió la mano en el bolsillo y sacó el dinero, un billete de diez y dos de cinco. Le pasó a Mario el de diez y uno de cinco.

El chico le miró con furia, pero tomó el dinero.

—Es todo lo que tengo —dijo Marson, y le ofreció el otro billete de cinco.

—Esto es un amigo —dijo Mario—. Serio. —Y se alejó.

Marson se lo quedó mirando. Había mucha confusión y ruidos a su alrededor: aviones que volaban bajo, hombres hablando a gritos acerca del infierno en que se iban a meter. Eran como un puñado de muchachos muy alterados antes de ir a un partido de béisbol, hasta que uno percibía en sus voces la desesperación contenida.

Joyner se había apartado hacia la hilera de tiendas y estaba esperando.

—Ya ves de qué te ha servido beber tanto vino —dijo.

Más tarde, en el barco rumbo a Salerno, supieron por la radio que los italianos ya no estaban en guerra. Mussolini había sido depuesto. Todo el mundo lo festejó, y Marson quiso pensar que en el continente todo sería igual que en Palermo. Por alguna razón eso le produjo una terrible punzada de nostalgia, y de una cierta inutilidad. La sensación lo sorprendió y alarmó a la vez. Al contemplar el oleaje, sus pequeñas crestas blancas, se asombró de su propia mente. Fue entonces cuando Joyner se le acercó, diciendo: «Igual acabamos echando de menos esta puta guerra». Luego sonrió y le dio una amistosa palmada en la espalda, poniéndose a mirar el mar y el cielo a su lado. Asch se reunió con ellos y ofreció un cigarrillo a Marson.

—Lucky Strike —dijo—. Buen nombre para una marca de tabaco.*

—Oye, eso huele muy bien —dijo Joyner—. Me están entrando ganas de fumar.

—¿Quieres uno? —preguntó Asch.

—Qué demonios, pues sí.

Asch le dio uno y se lo encendió. Joyner dio una calada pero no tosió. Aguantó el humo un buen rato, y fue al soltarlo cuando le entró la tos. Los otros tuvieron que pegarle en la espalda para que se le pasara.

—No sé cómo lo soportáis —dijo Joyner, tosiendo todavía.

—Uno se acostumbra —dijo Asch—. Pero requiere esfuerzo. Yo llevo la mitad de la vida practicando para acostumbrarme. —Dio una calada al suyo y expulsó el humo. Joyner probó de nuevo, y esta vez tosió menos.

—Me duelen las cañerías —dijo.

—Por ser la primera vez, quizá deberías dejarlo —le sugirió Marson.

—Bah, me lo acabaré.

Lo vieron fumar. Parecía ir cogiéndole el tranquillo. Joyner miró a Marson y le dijo:

—¿Cuánto dinero de ése le has dado a Mario?

—Todo el que tenía.

—Cuando lleguemos a Italia desearás haberte quedado algo.

* Golpe de suerte, en inglés. *(N. del T.)*

—No es más que dinero —dijo Asch.

—Vaya, qué cosa más rara... —empezó Joyner, pero dejó la frase por terminar—. Sí, vale. No es más que dinero. A la mierda.

Asch meneó la cabeza, pero sonrió. Los vítores en todo el barco iban en aumento.

Terminaron de fumar y arrojaron las colillas por la borda. Llevado por las felices noticias, Marson se colocó entre los otros dos y les pasó un brazo por los hombros. Contemplando el sol rojo que se ponía sobre la lenta, pesada agitación del Mediterráneo, olvidó todas las tensiones, todos los desaires y enfados de las últimas semanas, y casi se convenció de que, a fin de cuentas, mejores amigos no podía tener.

El cabo Marson pensaba en la futilidad del dinero, acuclillado junto a la fogata al borde del campo nevado, y de ahí pasó a reflexionar sobre la futilidad de todo. Hizo un intento de rezar y las palabras brotaron de él como si las dirigiera al cielo nocturno, al viento, al silencio que los envolvían. Joyner había abierto una lata de picadillo y la estaba calentando en las llamas. Se la zampó como quien llena un agujero, sin saborear nada.

El anciano le estaba observando, pero, al percatarse de la callada mirada de Marson, bajó la vista.

—¿Comida? —dijo Marson—. *Mangiare?*

El viejo negó con la cabeza y esbozó una sonrisa. Marson intentó imaginárselo sentado a una mesa con más gente alrededor, botellas de vino, un amable paisaje rural al otro lado de las ventanas. Una campiña cálida. Pudo imaginar la verde hierba con el toque dorado del sol vespertino. Y luego se acercó más al fuego, aterido como estaba. Joyner había terminado su ración, y en ese momento lanzó la lata vacía a la nieve como si fuera una granada, con idéntico movimiento del brazo.

—Yo ahora mismo podría ser padre —dijo de repente Asch—. Pensarlo parece cosa de locos.

—Más vale que no pienses tanto —le dijo Joyner, metiendo la mano por la manga de su guerrera para rascarse donde siempre.

Asch desoyó su consejo. Seguía mirando a Marson:

—¿No podemos dejarlo y bajar ya?

—Asch tiene tantas ganas de volver como yo —dijo Joyner.

Robert Marson se volvió hacia el viejo.

—Llévanos.

—*Non capisco.*

—Cerca —dijo el cabo, y señaló hacia el claro—. Llévanos cerca. Nos acercamos.

—Ah, sí.

El viejo se puso de pie arrebujándose en su capa. Los otros se levantaron también. Ya no soplaba viento, y los últimos copos de nieve caían mansos de un cielo ahora más despejado. El cabo Marson vio titilar una cosa a lo lejos, por encima de los árboles: la estrella polar. Eso le emocionó. Más allá de los árboles había trechos de cielo donde las nubes estaban separándose; eran como dedos de una mano gigante que hubieran estado apretados y ahora se fueran abriendo.

Taparon las ascuas con nieve y se pusieron en camino, siempre pegados a los árboles, rodeando el campo por otro sendero que el viejo conocía. Se movía ahora con la presteza que había mostrado en la primera hora de trayecto. Al rato, el terreno descendía unos cientos de metros y luego se empinaba bruscamente otra vez, y de nuevo tuvieron que trepar. Pero ahora sólo era el frío, y la nieve que ya había caído. No vieron huellas ni signo alguno de vida hasta que llegaron a otro claro, una pequeña extensión llana y blanca, que terminaba otra vez en árboles y otra vez cuesta arriba. En el claro, prácticamente inmóvil, había un ciervo con un prodigioso despliegue de astas sobre la cabeza. Los estaba mirando, y su blanco pecho destacaba entre el cuello y las patas delanteras, mientras su aliento aparecía y desaparecía del negro hocico en forma de helados penachos. Los ojos, muy negros, miraban con pasmo y fijeza. Marson tuvo la extraña sensación de que el ciervo estaba allí enviado por la hembra que habían visto antes, a fin de valorar hasta qué punto eran una amenaza para el bosque. Giró sumamente despacio, casi a pequeños incrementos, y se alejó de allí sobre patas que parecían larguiruchas, su imponente figura canela y negra adornada por la blanca cola en alto. Llegó a un tronco de un árbol abatido por el viento y saltó por encima con gran desenvoltura: como si a él la gravedad sólo lo afectara temporalmente.

—Santo cielo —dijo Asch.

Vieron subir al ciervo entre los árboles, en el siguiente nivel de la montaña que estaban escalando.

—Esto no acaba nunca —dijo Joyner, como si hubiera llorado las palabras.

Llegaron al trecho de subida y empezaron a trepar otra vez, siguiendo al viejo. Había tres sombras ahora, y Marson se dio cuenta de que la luna estaba alta y que había salido tras las nubes del cuadrante inferior del cielo. Una noche despejada. El aire era más frío de lo que había sido durante el día; le raspaba los bronquios cuando inspiraba, pero él siguió aspirando con fuerza, sintiendo su pureza, ese aire nuevo, seco y diáfano.

Trepaban. Otra vez lo mismo: el ardor en los muslos, el suelo traicionero que se movía bajo sus pies. Durante un rato siguieron el rastro del ciervo, pendiente arriba, pero luego las huellas serpenteaban entre los árboles y desaparecían.

—Tengo que cagar —dijo de pronto Joyner—. Maldita sea.

Se detuvieron. Joyner se alejó unos pasos hacia la zona de sombra e hizo sus necesidades, maldiciendo todo el tiempo. Angelo produjo un sonido por lo bajo; no hubo forma de saber si era una palabra o sólo un gruñido.

—Maldita sea —dijo Joyner, todavía allí. El ruido de lo que estaba haciendo escapó de él y resonó en la quietud.

Asch resopló brevemente, tal vez una risa ahogada.

—Hace más ruido que un tanque —dijo.

—*Il suo culo congelerà* —dijo el viejo.Uf

—*Congelerà*. ¿Qué demomios es eso?

—*Freddo*. Hielo. ¡Uf! —El viejo hizo gestos de tener mucho frío.

—Que se le va a helar el culo —dijo Asch—. ¡Ja, ja! Muy buena.

Con los dedos ya entumecidos y papel que sacó de la mochila —estaba húmedo y frío—, Joyner se limpió como pudo, mientras farfullaba reniegos.

Los otros siguieron un corto trecho y se detuvieron para esperarlo. El viento había cesado; quedaban ya muy pocas nubes. Joyner había terminado y estaba arreglándose la ropa sin dejar de maldecir. Desde aquella distancia, sonaba como un niño quejica. Cuando llegó adonde estaban ellos, no los miró.

—*Siami arrivati* —dijo el viejo, señalando hacia la cuesta pronunciada—. *Quello è il posto*. Allí. Un poco más allí.

Joyner soltó otra palabrota y murmuró algo. Marson no le oyó primero, luego sí.

—Joder, seguro que ya estamos en Suiza.

—*La Svizzera* —dijo el viejo.

—Eso lo has entendido, ¿eh, cabronazo?

Siguieron trepando. El terreno se niveló de nuevo y vieron que se extendía hasta muy lejos; había árboles que parecían enanos, como una prieta hilera de pieles, hasta que se percataron de que eran las copas de esos árboles. Habían llegado a la cresta y se dirigían hacia allí, apresurando involuntariamente el paso, el viejo siempre en cabeza.

Habían recorrido una veintena de metros cuando oyeron un estampido, un disparo, sin que pudieran decir de qué dirección. Se echaron todos en la nieve, incluido el viejo.

Tras unos segundos de espera, el cabo Marson murmuró:

—¿Alguien herido?

Silencio.

—Joyner.

—Aquí estoy. Maldita sea.

—Y yo —dijo Asch.

Oyeron murmurar al viejo:

—*Madre di misericordia...*

—Eso ha sido una pistola —dijo Asch sin alzar la voz.

—¿De dónde te parece que ha sonado? —le preguntó el cabo.

—Uf... ¿Quizá por allí? —Asch señaló hacia unos árboles que había al fondo.

—¿Estás seguro de que ha sido un tiro y no una rama que se partía?

—Claro que ha sido un tiro, joder.

—Pero muy lejos de aquí.

—¿Seguro que era lejos?

—A esta altitud no hay manera de determinar la distancia —dijo Joyner.

—El sonido llega más lejos cuanto más arriba estás, ¿no?

Hablaban en susurros, pero éstos se propagaban también, lo cual los ponía a todos tanto más nerviosos respecto a lo que pudiera haber del otro lado del monte.

—No os levantéis —ordenó Marson—. Y guardad silencio. Volvamos a los árboles.

El viento había arreciado otra vez, viento del norte, y levantaba la nieve como si la colina, y el prado en que se encontraban, estuviera en el punto más crudo de la borrasca, sobre el límite de la nieve perpetua. Era el viento que sopla en las cumbres montañosas.

—Subid a esa colina —dijo Joyner—. La madre que los parió. —Estaba en pleno frenesí rascador, como si algún bicho se le hubiera metido en la manga—. Id hasta la puta cima de la montaña.

—Una palabra más en ese tono —advirtió el cabo Marson— y juro que yo mismo te pego un tiro.

—Que te den por culo, ¿vale? Este viejo nos ha estado paseando inútilmente.

—¡Que te calles! —dijo Asch—. Aquí manda Marson.

Hablaban en susurros.

—Pronto —les dijo el viejo.

—Es una tomadura de pelo. Ni siquiera sabemos qué pasa abajo en la carretera. Puede que los jodidos alemanes los hayan atacado y ahora estemos en territorio enemigo.

—Calla ya —dijo Marson.

Otra vez en silencio, a la escucha.

—La jodimos desde el momento en que Glick mató a la puta —dijo Asch de pronto.

—Cojonudo, Asch. Ahora resulta que esto es una maldición. La hostia.

—*Madre di Dio...*

—A callar todo el mundo —dijo el cabo—. ¡Es una orden!

El viento se abatió sobre ellos con fuerza, produciendo un siseo al pasar entre los árboles. Las ramas altas, peladas, empezaron a crujir y a gruñir y algunas a partirse. Todavía estaban cargadas de nieve y hielo.

—¿Cuánto rato vamos a estar aquí? —dijo Saul Asch, en voz baja.

—En marcha —ordenó Marson—. Haremos como antes, avanzar pegados a los árboles.

Así lo hicieron durante un trecho, moviéndose con sigilo de árbol en árbol, parando un poco en cada uno para escuchar. Sólo se oía el viento.

Llegaron finalmente a una faja larga y estrecha de campo raso entre dos hileras de árboles, salpicada de nieve que el viento había acumulado. Era como el cauce de un arroyo o una senda. La recorrieron agazapados, en dirección a un objeto grande y negro, tal vez roca, tal vez montículo. Fuera lo que fuese, obstruía el cauce, y cuando el viejo llegó allí se detuvo bruscamente, levantando una mano para indicarles cuerpo a tierra. Los otros tres se arrastraron por la vegetación saturada de nieve y esperaron, observándolo a él, a cubierto de aquella cosa. Ahora pudieron ver que era el entramado de raíces de un gran árbol caído. Oyeron correr agua en alguna parte. El viejo hizo señal de avanzar y el cabo Marson se acercó a él. Justo al otro lado del tronco del árbol caído había un riachuelo. Le sorprendió que el agua no estuviera completamente helada. Pero el hielo estaba fundiéndose. Más allá había los restos todavía humeantes de una lumbre, y junto a ellos una forma oscura y alargada.

En el mismo instante en que comprendía que el fuego era la causa de que el hielo se derritiera, Marson cayó en la cuenta de que estaba mirando un cadáver, el cuerpo de un hombre tendido de espaldas con los brazos separados, como si hubiera caído hacia atrás y lo hubieran abandonado tal cual.

Era un soldado alemán, un oficial, a juzgar por las marcas del uniforme. No llevaba encima efectos personales ni los había cerca. El casco había desaparecido; tampoco estaba su sobretodo. Le vaciaron los bolsillos del pantalón. En medio de la frente tenía el negro orificio, de una perfecta redondez, de la bala que lo había matado. Bajo su cabeza, la nieve estaba sucia, y buena parte de la que había más allá de donde yacía estaba oscura y manchada. El claro de luna hacía que pareciese negra. También sus ojos, que estaban abiertos, eran negros.

—Quiero volver abajo, maldita sea —dijo Joyner, rascándose—. Esto es una cagada, tío, una cagada.

—¿Por qué habrán matado a uno de los suyos? —preguntó Asch.

Nadie le respondió. Marson dijo que se echaran al suelo, y así lo hicieron, porque el viejo se había echado al suelo. Aguardaron. Ninguno de ellos podía ver más allá del pasillo de nieve entre los árboles. Los pequeños rescoldos del fuego estaban todavía calientes. A su alrededor había numerosas huellas.

—Lo han abandonado —dijo Marson en voz baja—. Y no han intentado ocultar que estuvieron aquí. Una de dos: o huyen, o no saben que nosotros estamos aquí.

—*Tedesco* —dijo el viejo, mirando desde las raíces del árbol caído.

Se agazaparon, rápidamente, todavía más. Pero, al parecer, el viejo sólo se refería al cadáver.

Tras unos instantes de tensa espera, Marson dijo:

—Sí. *Tedesco.*

—¿Qué coño le has dicho? —quiso saber Joyner.

—Esa palabra significa «alemán».

—Pues habla en inglés, maldita sea.

Se quedaron callados, quietos. Ahora se oía otro sonido. Pero era el viento que agitaba las ramas otra vez. De la copa de uno de los árboles cayó nieve, como si un tejado se desplomara, y fue a estrellarse en las ramas bajas.

—Al venir no he visto huellas —señaló el cabo Marson.

—Hemos establecido contacto —dijo Joyner—. Ya podemos dar media vuelta y bajar de esta puta montaña.

—Todo se ha jodido por culpa de la puta —dijo Asch por lo bajo. Su voz sonó serena, pero a la luz de la luna su cara se veía crispada de temor.

—Me vais a hacer el favor de callaros, ¿vale? —dijo Marson.

—*Tedesco* —dijo el viejo.

Marson se volvió hacia Asch.

—¿Cuántos crees que son, por las huellas?

Asch sacó un poco la cabeza para mirar.

—No sé. Unos diez. —Seguían hablando en susurros.

—Más. Yo creo que bastante más de diez —dijo Joyner—. Me juego algo.

—¿Sabían ellos que veníamos? —preguntó Marson.

—¡Pero qué coño dices!

—No se han enterado de que estábamos aquí —dijo Asch—. O les importa una mierda.

—Yo creo que no se han enterado —dijo Marson. Tras una nueva pausa a la caza de sonidos, murmuró—: Esperaremos un poco. Si han huido, dejemos que tomen una buena ventaja. Y si vuelven, estaremos preparados.

—No me jodas —mascullóJoyner—. ¡Dios! ¿Crees que van a volver?

—Tú mantén los ojos bien abiertos —dijo Marson.

El viejo se había agazapado contra el tronco del árbol, con las rodillas recogidas y la parte inferior de la cara cubierta por la tela de la capucha. Hacía mucho frío. En la sombra de la luna, sus ojos eran casi fantasmagóricos. Estaba mirando a Marson.

—*Freddo mortale*.

—Mucho frío —dijo Marson.

—Sí. *Freddo*.

—Vamos a quedarnos un rato aquí. *Capish?*

—*Capisco*, sí.

Marson miró por el telescopio, haciendo un lento barrido del espacio abierto y resiguiendo la línea que dibujaban más allá las copas de los árboles. Las pisadas describían un camino que se apartaba del pequeño campamento, y el viento, todavía ahora, estaba borrando muchas de ellas, cubriéndolas de nieve. Había arreciado y era más estable, no racheado.

—En África hacía este viento —dijo Asch—, pero era arena en lugar de nieve. Yo prefiero la arena.

Callaron de nuevo, a la espera y a la escucha. Era difícil decir cuánto rato había pasado. El cadáver del alemán iba quedando tapado poco a poco por la nieve que el viento levantaba. Había cambiado de dirección, ahora soplaba del oeste. Marson tenía la vista fija en el muerto, en lo que le quedaba de pelo, en cómo el viento alborotaba esos mechones. No era fácil distinguir apenas nada, porque el viento empujaba ahora la nieve hacia el pequeño campamento, cubriendo las brasas, las huellas, los pliegues que formaba la tela en el muerto, los rasgos de su cara. De haber tropezado con él en este momento, no habrían podido determinar a qué ejército pertenecía.

Asch retrocedió hacia los árboles y orinó. A la vuelta avanzó agazapado, jadeando. Miró a Marson con una expresión de súplica, pero no dijo nada.

—Adelante, hombre —incitó Joyner—. Quéjate. Hace mucho frío y se te ha helado la pilila.

—Voy a dar parte de lo que pasó —dijo Asch.

—Joder, otra vez con eso. Pareces un disco rayado.

—Voy a dar parte, es todo lo que digo. No pienso cargar con eso el resto de mi vida.

—Oye, ¿y a ti quién coño te ha nombrado brújula moral del quinto ejército, eh, mamón?

—Ya os he dicho antes que hablaremos de eso cuando volvamos a la carretera —dijo Marson—. Ahora no es oportuno. Yo te acompañaré cuando sea el momento.

—Que os den a los dos —dijo Joyner.

Marson miraba de vez en cuando al viejo, el cual parecía

estar simplemente observando a los otros como quien mira a unas gaviotas pelearse por picotear comida en una playa.

—Como ya dije, supongo que te diste cuenta de que dos de los nuestros la palmaron cuando ella se cayó del carromato.

—No fue ella quien disparó —dijo Asch—. Quizá era una refugiada, una víctima.

—Venga ya, esa mujer era una nazi. No les gustan los judíos, sabes. Tú eres judío, ¿verdad?

—Que te jodan, Joyner. Tú sí que eres un nazi.

Joyner hizo ademán de abalanzarse sobre Asch, pero Marson se interpuso entre ambos, levantando su carabina de modo que el extremo del cañón casi tocó la barbilla de Joyner.

—Ni una palabra ni un centímetro más: nada, Benny, ¿me oyes?

La mirada de Joyner no pudo ser más desafiante, pero aun así retrocedió, arrastrándose como había avanzado, y se puso a rascarse el brazo mientras murmuraba algo de que el picor no se le calmaba ni a tiros.

Sin bajar la carabina, Marson miró a Asch, y éste dijo:

—Además, entre ellos y nosotros tampoco hay mucha diferencia.

—Vaya, ha de tener él la última palabra —dijo Joyner—. Métetela donde te quepa, capullo.

—Cerca —dijo el viejo.

—Sí —dijo Marson—. Cerca.

Pero permanecieron donde estaban, mirando el pasadizo nevado entre las hileras de árboles, y el cadáver allí delante con la nieve que lo iba cubriendo.

La nieve sacaba destellos al viento, y la fría luna se elevó un poco más. Allá en lo alto, era más nítida y más brillante. El cabo Marson pensó en las estrellas como en cristales de hielo. Los árboles dibujaban sombras complejamente estriadas, y el efecto era como de luz diurna espectral. Nada se movía delante de ellos; no se oía más que el viento. Marson miró a Joyner, que estaba agachado al abrigo del tronco con la carabina sobre las piernas, rascándose donde siempre. El cabo creía, a estas alturas, que esa comezón definía a Joyner como cualquiera de las otras cosas.

En Palermo, la primera vez que Joyner había hablado de ese problema en la piel, no había hinchazón ni sarpullido ni decoloración, solamente el picor. Le había empezado a pasar jugando al póquer un día, cuando todos salvo él estaban bebiendo el vino de Mario. Joyner empezó a rascarse el brazo, varias veces. Se lo miraba, meneando la cabeza, y empezaba a rascarse y a frotarse otra vez, mirando el brazo con gesto ceñudo. «Me cago en diez», decía. Y se examinaba todo el brazo, intentando buscar qué podía tener en la piel que le produjera aquella comezón; mostraba el brazo a los otros, pero nadie veía otra cosa que la zona enrojecida donde había estado rascándose con saña. Una noche enseñó el brazo a los de la partida, nada más sentir el picor. Marson vio que tenía el vello del antebrazo erizado, como cuando hay electricidad estática.

—Fijaos —dijo Joyner—. No lo entiendo. Ya está: los pelos se ponen de punta y me empieza a picar. Voy a acabar loco. —Empezó a rascarse con furia—. Me cago en Dios.

Así estuvo durante varios días. Él pensaba que serían moscas de la arena, o quizá niguas, pero el médico no encontró indicios de veneno ni de picadura. Joyner se rascaba y rascaba hasta sangrar; sólo a partir de ahí remitía el picor. Pero al rato empezaba otra vez un poco más arriba, o más hacia la muñeca, a un dedo o dos de donde había empezado a picarle. El médico lo llamó «piel irlandesa».

—Estoy hasta los mismísimos huevos —dijo Joyner—. Me voy a sacar la maldita piel. Me la voy a arrancar toda, joder.

Así estaban las cosas en Palermo.

Ahora, encorvado por el frío, cobijándose en el complicado sistema de raíces del árbol abatido, se rascaba el brazo y murmuraba, mirando furioso hacia el campo bañado de luz de luna, hacia la cumbre de la montaña. Había doscientos o trescientos metros hasta un declive, el descenso por la otra falda. Marson observó a Joyner, preocupado.

—Ponte un poco de nieve —dijo Asch de mal talante—. A ver si lo duermes.

—Que te jodan.

Observaron el campo raso. El viejo se puso a toser. Algo le subió a la garganta, lo escupió, y luego echó un poco de nieve encima, mirando a Marson como disculpándose.

—¿Cuántos años creéis que tendrá? —quiso saber Saul Asch.

Marson dijo:

—Angelo, ¿cuántos años?

—*Non* comprendo.

—*Età.* —Mario le había enseñado esta palabra.

—Oh, *settantasette anni.*

Marson miró a Asch.

—Tiene los que ha dicho.

—¿Setenta?

—Sí. —El viejo se encogió de hombros.

—Más de setenta. —Asch levantó una mano sobre la otra.

—Sí. —El viejo parecía confuso.

—No veas —dijo Asch—. Más de setenta. Pues estás en forma.

—Yo fuerte —dijo Angelo—. *Molto bambini.*

—*Bambini?*

—Sí. —El viejo alzó ambas manos con los dedos extendidos. Las cerró y luego abrió una de ellas, mostrando cuatro dedos.

—Catorce —dijo Asch—. ¡Jo!

—¿Cuántos nietos? —preguntó Marson.

Angelo le miró, sonriendo, y levantó lentamente las manos otra vez, con los cinco dedos extendidos, las cerró, volvió a abrirlas y a cerrarlas otra vez, y finalmente mantuvo una levantada con tres dedos extendidos.

—Santo cielo —dijo Asch—. ¿Veintitrés nietos?

—Demasiados católicos, ¡uf! —dijo Joyner—. Demasiados meapilas. —Rió su propia gracia—. ¿Cuántos de ellos viven todavía?

Se hizo el silencio. Marson no supo si Angelo había entendido la pregunta. Era difícil interpretar la cara que ponía ahora. Miró a Joyner como si esperara a que dijese algo más.

—¿Cuántos vivos? —dijo éste—. *Capish?*

—Sí —dijo el viejo—. Todos.

—Eres un fascista con suerte.

Angelo negó con la cabeza.

—¿No tienes suerte?

—No.

—Haz el favor, Joyner, cállate ya —dijo Marson.

—¿Dónde está tu familia? —preguntó Joyner. Luego miró a Marson—. Haz que te diga dónde están.

—En Roma —dijo el viejo.

—Vaya, parece que sabes más inglés del que aparentas.

Los ojos del viejo no dieron muestras de entender.

—Me parece que este tío se entera de todo —dijo Joyner—. Seguro que sabe qué hay al otro lado de este maldito everest.

—Ya sabemos qué hay al otro lado —dijo Asch—. La puta guerra.

—Bueno, pues yo creo que el viejo no es de fiar.

—*La mia famiglia* —dijo el viejo—. Roma.

Joyner se hurgaba el brazo otra vez.

—Mierda. No olvidéis que este hijo de puta formaba parte del Eje, ¿vale? Y tiene setenta años, lo cual quiere decir que ya estuvo al tanto de lo de Albania y lo de África. Etiopía y todo eso...

—¿Qué pasa con Etiopía? —dijo Asch—. ¿Pero de qué mierda hablas?

—Hace más de diez años —le dijo Joyner—. Estos espaguetis llevan mucho tiempo peleando. Seguro que ya están hartos, pero más de uno debe de ser peligroso.

El viejo había comprendido que estaban hablando de él. Sonreía a Asch, y después a Joyner. Marson, un tanto avergonzado, intentó mitigar la ansiedad del viejo. Le hizo una señal con la cabeza, ofreciéndole agua de su cantimplora. Angelo la cogió, sin dejar de mirar a Joyner.

—A mí no me engañas, paisano —dijo éste—. Yo no soy como este par.

—*Molti bambini* —dijo el viejo, sonriendo al tiempo que asentía con la cabeza.

—No me extrañaría que entendieras todo lo que decimos.

Angelo no dejó de sonreír, pero apartó la vista.

El viento cesó de repente una vez más, y todo quedó sumido en una profunda quietud. Más allá de la maraña de raíces en la base del árbol caído, el muerto parecía un elemento más del monte. La nieve había cubierto sus piernas y había rellenado arrugas del uniforme, y se había acumulado en el cuello y las orejas. La quietud tan poco natural de aquella forma humana atraía sus miradas. Nada se movía en ninguna parte.

—Mierda —dijo Asch, para Joyner—. Haz como si fuera una estatua.

—¿Se puede saber cuánto rato hemos de seguir aquí? —dijo Joyner, rascándose donde siempre.

—No mucho más —dijo Marson.

El viejo volvió a toser, esta vez un acceso en toda regla. Se llevó las manos a la boca, sin duda temiendo por el ruido. La tos se le fue pasando.

—Cojonudo. Y ahora lanzamos una bengala. —Joyner agarró un puñado de nieve y lo remetió por la manga—. Hace un frío de la hostia y yo tengo que ponerme nieve en el maldito brazo.

Asch se movió, se alejó a gatas por la nieve un par de metros y vomitó allí mismo, ruidosamente, con un eructo fortísimo. Después rezongó y empezó a vomitar otra vez. Al poco regresó y se puso en cuclillas con la espalda apoyada en el tronco.

—No sabía que iba a devolver. Me ha pillado por sorpresa —dijo.

—¿Ahora estás bien? —le preguntó Marson.

—No lo sé. —Señaló el cadáver del alemán—. No puedo dejar de mirarlo. He sentido una cosa rara, como un sobresalto, como... como si de repente recordara dónde estoy. Y he pensado en la prostituta. Ha sido demasiado para mí. Salgamos de este agujero; vamos a echar un vistazo al otro lado y luego bajamos cagando leches hasta la carretera.

—Cerca —dijo el viejo.

—Si lo repite una vez más, lo mando de una patada a Cerdeña —dijo Joyner.

—Tío —dijo Asch—, tranquilízate un poco.

—No quiero morir en esta puta montaña.

—Deja de decir chorradas —intervino el cabo Marson—. Esperaremos un cuarto de hora más. Callaos y aguzad el oído, y quizá así no moriremos.

Otra vez silencio. La quietud parecía extenderse hasta muy lejos. Era imposible creer que hubiera una guerra en la otra vertiente, o detrás de las colinas que pudiera haber al otro lado. Pero momentos después se levantó una nueva brisa, y con ella les llegó otro sonido, un rumor lejano. Marson pensó que quizá eran imaginaciones suyas, pero entonces Asch dijo:

—¿Qué demonios es eso?

Aguantándose el brazo, Joyner le respondió:

—Aviones.

—No —dijo el cabo—. Son tanques.

—¿Aquí arriba? ¿Cómo van a ser tanques?

—No.

—*Carri armati* —dijo el viejo.

—¿Cerca? —preguntó Joyner, y escupió.

—No, *signore*.

—Al final resultará que «cerca» quiere decir los putos alemanes.

—Seguro que son tanques —insistió Marson—. Vamos, moveos. —Hizo señas al viejo para que se pusiera en cabeza.

Dejaron atrás el cadáver del militar alemán, cruzaron el pasillo de nieve y se adentraron en la arboleda; subieron por otra hondonada para luego descender siguiendo un sendero cada vez más empinado, y en varias ocasiones patinaron en la nieve y hubieron de frenar y hacer una pausa. Por donde caminaban ahora había un gran número de pisadas; de ahí que avanzaran con sigilo, saltando de árbol en árbol. Otro tanto estaba haciendo el viejo. Hasta que no llevaban así un buen rato, no se le ocurrió al cabo Marson preguntarse si él mismo había empezado esto o si se había limitado a hacer lo que el viejo. Estaba demasiado extenuado para pensar. Miró la luna en el cielo estrellado y dedujo que aún no era medianoche. Al llegar a un saliente de roca que formaba una suerte de grada o escalinata, tocó al viejo en la espalda para que se detuviera. Se deslizaron todos por el primer escalón del saliente y miraron hacia abajo. Había otro campo nevado, de unos cincuenta metros de anchura, y las copas de unos pinos apretujados. Al fondo, otra montaña, más montañas. Huellas de pisadas se esparcían por el campo, todas alejándose de ellos.

—Pasaron por aquí después de que dejó de nevar —dijo Marson.

—Cerca —dijo el viejo, asintiendo con la cabeza.

Marson se volvió hacia los otros dos.

—El tiro de antes... era eso que hemos dejado atrás. No sé...

Asch le interrumpió.

—¿Y hasta ahora no te habías dado cuenta?

Marson continuó, más despacio:

—No sé qué se traen entre manos, pero esto no tiene nada que ver con nosotros. Vamos a acercarnos un poco, a ver si averiguamos hacia dónde se dirigen, y luego volvemos abajo.

—Tendremos que subir otra vez antes de bajar —dijo Joyner.

Robert Marson decidió hacer caso omiso.

—Les daremos unos minutos para que se alejen un poco más.

Regresaron al saliente y bajaron hasta la hondonada que había al pie de éste. Un montículo de nieve acumulada por el viento los ocultaba y les daba cobijo contra los vaivenes del aire glacial. Marson tenía ya la ropa casi seca por fuera, pues el viento había ido quitando la humedad de las capas exteriores. La ropa interior seguía empapada y se le pegaba al cuerpo del modo más incómodo. A los otros les pasaba lo mismo. Comieron raciones y Asch pasó su cantimplora; luego la llenó de nieve y se la guardó.

—Vamos a tener que trepar otra vez —dijo Joyner.

—Es seguro que los alemanes se marchan, ¿no? —dijo Saul Asch.

—Paciencia —dijo el cabo—. Si llegamos hasta donde se pueda ver de lejos la carretera, sabremos más cosas.

—¿Cuántas cosas más quieres saber? —preguntó Joyner. Estaba rascándose otra vez el brazo, cogiendo nieve para refrescar la parte más enrojecida.

El viento había arreciado de nuevo; era como una bufanda de frío azotándoles la cara.

—Quiero saber lo necesario. Nos han enviado para eso. Y cállate ya.

—A propósito, ¿por qué me elegiste para hacer de alpinista?

—Yo no. Ha sido Glick.

—Glick es un asesino —dijo Asch—. Nosotros somos soldados, él un asesino.

—Oíd.

Callaron. El viento traía otro sonido, discernible apenas y lejano. Disparos. Sí, eran disparos. No había duda. Pero no una batalla ni una escaramuza. Sonaban espaciados, a intervalos casi exactos. Se miraron los unos a los otros, cada cual tratando de resolver el problema de qué era lo que estaban oyendo. Fue casi simultáneo: a todos se les ocurrió que eran ejecuciones. El cabo Marson le hizo una seña a Asch, que estaba ceñudo y luego asintió a su vez. Ahora estaban convencidos. El viejo empezó a murmurar algo, en voz baja, un sonsonete cuyas palabras no eran distinguibles siquiera como tales.

—*Il mio paese* —le dijo a Marson. Y agachó la cabeza.

—*Paese*.

—*Amici. Amici del mio cuore*. —El viejo se llevó una mano al pecho, al corazón.

—Amigos, ¿no? —dijo Marson—. Amigos muy queridos.

—*Casa mia...*

—Tu casa.

—Sí.

—Lo siento mucho.

El viejo no reaccionó. Tenía las manos fuertemente enlazadas a la altura de su magro pecho y parecía muy concentrado en algún pensamiento. Volvió a murmurar.

—*Assassini* —dijo entre dientes, los pocos que tenía.

Siguieron a la escucha. Los disparos se sucedían, separados entre sí unos segundos. Era una sola descarga cada vez, un pelotón de fusilamiento, y por lo visto los alemanes estaban asesinando a mucha gente, poniéndola en fila para fusilarla. A cada nueva descarga, el viejo emitía un pequeño gemido.

—Maldita sea —dijo Asch—. ¿Es que piensan matar a todo el mundo?

—*Vigliacchi. Criminali*.

—¿Están matando a criminales?

—*Sono criminali*.

—¿Qué coño está diciendo? No entiendo nada —dijo Asch—. ¿Están fusilando a todo el pueblo?

—*I tedeschi sono criminali* —dijo el viejo.

—Los criminales son los alemanes —dijo Marson.

—*Vigliacchi!* Sí. Cobardes. *Tedeschi.* —Escupió.

Escucharon. Hubo dos descargas más, luego una pausa, otras dos descargas. No paraba.

—Maldita sea —dijo Asch.

Hubo una pausa larga. Y luego empezó otra vez.

—Pero ¿qué pasa? —dijo Marson.

—La madre que los parió —dijo de pronto Asch, alzando la voz—. La madre que los parió. —Se puso de pie y asomándose al montículo de nieve contempló el amplio campo y las copas de los árboles—. ¡La puta madre que os parió, alemanes de mierda! —gritó—. ¡Os voy a matar a todos!

—Pero ¿a quién coño están matando? —dijo Joyner—. ¿Se están cargando a todo el puto pueblo o qué?

—*Ebrei* —dijo el viejo.

—*Ebrei* —dijo Asch—. Eso lo oí en Palermo. *Ebrei.* Hebreos. Está hablando de judíos. —Miró hacia el campo nevado y las negras copas de los pinos—. ¿Están fusilando a judíos?

Habían oído rumores de lo que los alemanes estaban haciendo en el norte. No les habían dado crédito.

Joyner se rascaba el brazo otra vez, su boca convertida en una mueca.

—*Ebrei* —dijo el viejo, mirando ahora al suelo.

Según había explicado Asch, su abuelo contaba que en la primera guerra corría propaganda sobre las atrocidades cometidas por los prusianos.

—Pero ¿por qué iban a...? —dijo Marson. No pudo seguir. Tenía náuseas otra vez. Se sentó en la nieve, recostado en la pared de roca. A su lado, la voz de Asch estaba desgranando una especie de perturbada letanía.

—Chorradas, no puede ser... Chorradas. Están matando partisanos, seguro. Algo...

—Joder —dijo Joyner—. ¡Joder!

—*Ebrei* —dijo el viejo otra vez—. *Amici.* —Tenía los ojos llenos de lágrimas—. *Amici.*

Una nueva descarga hizo dar a todos un respingo. Marson estaba intentando rezar, murmuraba el padre nuestro. Mentalmente repetía todo el rato la misma frase: *Mas líbranos del mal, mas líbranos del mal...*

—Chorradas —dijo Asch una vez, y otra y otra. De repente, lo oyeron murmurar algo en otra lengua—: *Yisgadal v'yiskadash sh'mei rabbaw.* —Inspiró rápido, casi como un sollozo—. *B'allmaw dee v'raw chir'usei, v'yamlich malchusei, b'chayeichon, uv'yomeichon, uv'chayei d'chol beis yisroel...*

—¿Qué estás diciendo? —le preguntó Joyner.

Asch le miró como si lo hubieran despertado bruscamente.

—Nada —dijo—. Yo no creo en eso. —Ladeó la cabeza en dirección al lugar de donde sonaban los disparos, al pueblo—. Pero ellos sí.

Joyner no apartó la vista.

—Se llama *kadish*, ¿vale? Es un canto fúnebre. La oración por los muertos.

Joyner volvió a concentrarse en el brazo.

—Joder —dijo—. ¡Joder!

—La aprendí de pequeño —les explicó Asch. Y volvió a murmurar—: *Y'hei shlawmaw rabbaw min sh'mayaw, v'chayim awleinu v'al kol yisroel.*

—¿Qué significa? —le preguntó Marson.

—Sí —dijo Joyner, casi desafiante, salvo que en su mirada había cierto desamparo—. Explícanos qué dice esa oración.

Asch suspiró y de inmediato rompió a llorar.

—Oh, Dios. Bueno, pues dice... No sé qué significa. Significa que es para los muertos. —Dio un grito ahogado. Pareció que se ahogaba. Se llevó un puño a la boca y luego lo retiró, cayendo la mano a un costado—. Significa lo que significa cuando no puedes... —Sorbió por la nariz, se pasó la muñeca por la cara—. Ah. Qué sé yo —dijo—. Palabras. Maldita sea.

Se quedaron un rato callados. Asch repitió la oración en un murmullo.

Cada descarga los hacía encogerse. Y no paraba, no paraba. Duró tal vez una hora, mientras ellos observaban el campo nevado y las huellas que se alejaban. El cielo estaba precioso, casi negro y tachonado de estrellas, con pequeños penachos blancos y finas tiras de cirros que la luna hacía brillar en sus bordes. El cielo entero tenía esa pátina de color, y las estrellas titilaban en ella como piedras preciosas esparcidas sobre un lecho gigantesco.

—¿Y ahora qué piensas decir cuando des parte de la puta esa? —preguntó de repente Joyner, en voz baja.

Asch no respondió al punto.

—Pienso dar parte de un asesinato.

—No jodas. ¿Con lo que estamos oyendo?

—Sí —dijo Asch—. Sobre todo por eso. Sobre todo por lo que estamos oyendo.

—Pero, joder, si era una nazi, Saul. ¿Por qué no quieres verlo?

Otra descarga los hizo callar. Asch se quedó muy quieto, la vista fija al frente. Luego vomitó, poniendo la cabeza entre las rodillas.

Marson lo miró. Seguía intentando rezar, pero no conseguía traer a la memoria qué decía la oración. Cada vez que llegaba una descarga, el estampido y lo que aquello entrañaba parecían crecer dentro de él, hacerle frente como una pared contra la que su alma no podía sino estrellarse de incredulidad. Trató de sentir algo al margen de la náusea, de la vacuidad que lo embargaba ante su incapacidad de procesar el significado concreto de esos sonidos. Todo estaba en blanco, como un campo nevado cuya blancura no ha hollado ningún pie humano. El mundo que contemplaba era hermoso: parecía un cuadro, y en el cielo brillaban las estrellas.

—Quizá están fusilando oficiales, como ese tipo que hemos dejado tirado en la colina —dijo Benny Joyner, y luego pareció que se ahogaba.

Asch señaló con la cabeza al viejo:

—Ya has oído lo que ha dicho.

—Asesinos. —El viejo pronunció claramente esa palabra, como alguien muy versado en el idioma. Miró al cabo Marson y repitió, rotundo y claro—: Asesinos.

—Dios mío —dijo Marson—. Oh, Dios mío.

Al poco rato, las descargas cesaron. El silencio que siguió llevaba consigo el temor a otra andanada, que finalmente no llegó.

—No lo aguanto más —dijo Joyner. Se puso de pie y arrojó la carabina al campo de nieve (no produjo el menor ruido al hundirse ligeramente, dejando la huella de sí misma). Después se quitó la guerrera y la camisa, dejando los brazos desnudos. Se puso de rodillas y metió el brazo malo, hasta el hombro, en la nieve.

—Por el amor de Dios, Joyner —dijo Asch, y se pasó el dorso de la mano por la cara, sorbiendo por la nariz.

Joyner no se movió: tenía el brazo metido en la nieve, el brazo entero.

—Venga, Benny —dijo el cabo—. No me obligues a meterte un parte.

—Déjate de partes. Méteme una bala.

—Corta ya. Coge tu arma y lo demás. Nos vamos.

Esperaron. Joyner lloró un poco mientras movía el brazo malo dentro del montón de nieve; fue como si hubiera perdido algo y estuviera buscando a tientas. Al final se levantó; se sacudió la nieve, maldiciendo. Asch le tendió la camisa. Tuvo que abrochársela él, porque, de tener el brazo metido en la nieve, la mano de Joyner había perdido el tacto. Mientras Asch le abrochaba los botones, el otro dejó la mano colgando al costado.

—Quiero largarme de esta maldita montaña —dijo Joyner—. Tenemos que irnos de toda esta mierda, joder. Tengo que bajar de esta hijaputa de montaña y salir de este sitio tan jodidamente horrible.

—Recoge tu arma —le dijo Marson.

—Me importa una mierda lo que les digas cuando lleguemos abajo. Me da igual si me montan un consejo de guerra. Al carajo. En serio.

—Dejémoslo correr, ¿de acuerdo, Benny?

Joyner se adentró en el campo nevado hasta donde estaba la carabina. Al volver, lo hizo cabizbajo. Se quedó allí de pie con los demás, el arma en una mano, y con la otra rascándose el brazo.

—Vamos —dijo el cabo Marson.

—Yo me quedo —dijo Joyner, sin levantar la vista—. Aquí me encontrarás a la vuelta. Y me da igual lo que hagas o lo que digas.

Marson le miró y esperó.

—Cerca —murmuró el viejo. Era evidente que había entendido lo que pasaba.

—Joyner, no me hagas esto —dijo Marson.

—Yo os cubriré, cabo. No pienso ir hasta allí.

Marson sintió unas ganas casi irresistibles de pegarle. Pero estaban metidos en esto juntos: habían soportado los sonidos que llegaban del pueblo y habían afrontado algo que iba más allá de sus propias y peores expectativas —de sí mismos y del mundo, por más que hubiera una guerra—. Fue un momento extraño, muy triste, teñido casi de ternura. Marson hubo de hacer un esfuerzo por sofocarlo dentro de sí mismo. Tomó aire y, dirigiéndose a Asch, dijo:

—Tú eres testigo. —Estaba recordando frases aprendidas durante la instrucción—. Creo que el castigo por desertar es la muerte.

Asch le miró con sorpresa no disimulada.

—¿Entendido? —dijo Marson.

—Si os cubro, no es deserción —dijo Joyner. Y había en su voz un dejo de súplica.

—Desobedecer una orden de marcha en situación de combate es deserción.

—*È molto vicino...* Cerca.

—Dile que se calle, maldita sea —dijo Joyner—. En serio. No me gusta su idioma. Dile a ese cabrón que se calle la boca.

—El que tiene que callarse la boca eres tú —dijo Marson. Y luego a Asch otra vez—: Tú eres testigo.

—Sí, lo soy —dijo Asch—. Claro que lo soy... joder.

—Nos vamos —le dijo Marson a Joyner—. Puedes quedarte y sufrir las consecuencias, o puedes venir. Si vienes, nadie mencionará lo que ha pasado. —Le hizo un gesto a Angelo para que llevara la delantera y empezaron a descender, rodeando el montículo de nieve. Después de dar unos pasos, se detuvo. Asch y Joyner los seguían.

—*Molto vicino* —repitió el viejo.

Siguieron adelante. Sin hablar, detrás del viejo. No había claros entre los árboles. La cuesta era cada vez más pronunciada; no paraban de bajar. Las ramas les impedían ver más allá. Ahora todo eran pinos, gruesos y cargados de nieve. En este lado de la montaña, el aire era más frío aún, o lo parecía. Llegaron a un saliente de unos seis metros de anchura, al final del cual se divisaba un llano estrecho que se abría en su parte inferior, con el río discurriendo a mano izquierda y la carretera y varios sembrados, y al fondo un grupito de casas que era, sin duda, el malhadado pueblo de Angelo. Más allá había estribaciones y otras montañas. Varios tanques —eran Panzer— se alejaban por la carretera, y mirando a través del telescopio se podía ver a los soldados marchando por las cunetas. Era, no había la menor duda, una retirada en toda regla.

Habían dado media vuelta y estaban trepando otra vez, de nuevo hacia la cresta, dejando atrás las huellas de su descenso. Llegaron al campo nevado que se abría frente a la larga repisa de roca en forma de terraza, y cuando Saul Asch se detuvo para tocarse un pliegue húmedo en la pechera de su guerrera, algo le impactó por detrás.

En el momento en que su cuerpo se vencía hacia adelante, oyeron el disparo.

Venía de muy lejos. Asch cayó como un árbol talado. Los otros se echaron al suelo, arrastrándose hacia el montículo de nieve bajo el saliente. Una vez allí permanecieron cuerpo a tierra, esperando. Cuando Marson se asomó al montículo, vio que Asch estaba inmóvil, tendido boca abajo y con la cara vuelta hacia un lado.

Joyner no paraba de maldecir en voz baja. Por su parte, el viejo gemía, yaciendo de costado, con la cabeza cubierta por la capa.

—¿De dónde venía? —dijo Marson.

—Ni idea —dijo Joyner—. Joder. De detrás. La quinta puñeta.

—¿Un francotirador?

—Mierda, mierda, mierda. Lo sabía. Nos están siguiendo.

—No. Ha sido un francotirador.

—¿Estás seguro? —Joyner oteó el campo a través de la mira de su carabina, barriendo el espacio iluminado por la luna.

En ese momento, Asch se movió, como si intentara ponerse de pie. Marson le gritó:

—Quédate absolutamente quieto, Saul. No te muevas. Si sabe que estás vivo disparará otra vez. ¡No muevas ni un pelo!

—No podemos dejarlo ahí —dijo Joyner.

—Cállate. Nadie va a dejarlo ahí.

—Se morirá si no vamos a por él.

La luna brillaba. El cielo estaba casi despejado, lleno de estrellas, y el cuerpo de Asch no se movía. Más allá de su forma sobre la nieve, todo estaba tan quieto como en una fotografía.

A Joyner empezaba a preocuparle que el enemigo pudiera estar rodeando el campo entre los árboles. A cada momento le parecía oír pisadas, y en dos ocasiones giró sobre sí mismo, dispuesto a abrir fuego.

—Te digo que es un francotirador —insistió el cabo Marson.

El viejo repitió la palabra en inglés; gimió y se santigüó. Marson miró hacia donde yacía Asch, una sombra ribeteada de luz argentina. Le dolían los ojos de mirar. Pero ahora en el cielo se movían pequeñas nubes, un penacho surcando despacio el firmamento, y a juzgar por su trayectoria taparía la luna, total o parcialmente, durante un rato.

—Allá voy, Asch. Tú quédate quieto.

Esperaron, todos pendientes de Asch. El viejo lloriqueaba y parecía estar murmurando otra vez, una especie de salmodia en italiano. El frío se notaba casi sólido ahora, y el viento los zarandeaba.

—Voy a ir hasta él —dijo Marson.

—Dios, ¿tú crees que está muerto?

—No voy a dejarlo ahí tirado.

—Yo no he dicho eso. —Joyner salió al descubierto, pero luego pareció reflexionar sobre lo que acababan de decirse—. Oye, Marson, que te jodan.

—Quédate aquí —le dijo Marson—. Cuando salga, tú cúbreme.

—¿Y cómo? Ese hijoputa debe de estar en otra montaña.

Escrutaron el campo y los árboles al fondo, tratando de adivinar de dónde había venido el disparo. El hecho de que hubiera sido un disparo aislado acabó de convencerlos de que se trataba de un francotirador, alguien con la misión de demorar en lo posible cualquier persecución. Y era muy probable que estuviera aún agazapado por allí.

El viento levantó más nieve y, en el momento en que la sombra de la nube atravesaba el campo, Marson se levantó, notando una flojera de nervios en las piernas, y avanzó hacia donde estaba Asch: primero un paso, luego otro, y otro más. Tenía la sensación de que podía desmayarse en cualquier momento. La luna, aun detrás del pequeño pliegue de nube, era deslumbrante, el campo tremendamente luminoso, y se veían todas las huellas dejadas por el trasiego humano, y fue así como lo pensó Marson —casi a modo de reflejo de un cerebro ajeno, a todo esto sin dejar de correr, sin dejar de sentir el pánico y la certidumbre de estar siendo observado—, pensó que eran indicios de presencia humana en la extensión nevada, como si aquello fuera la superficie de un planeta de hielo. Le parecía que las estrellas de más allá de la nube que tapaba la luna producían su propia luz. Avanzó por la crujiente nieve, deseando que estuviera oscuro como boca de lobo, sintiéndose vulnerable, vigilado, observado a través de la mira de un rifle, una silueta en los hilos del retículo, avanzando en zigzag, esperando a sentir en cualquier momento la mordedura de una bala, a sentirla antes de que el sonido lo alcanzara. Pero finalmente llegó hasta Asch y se lanzó de bruces en la nieve, quedando su cara a sólo unos centímetros de la de aquél.

Estaba muy quieto, con los ojos cerrados, la nieve adherida a sus mejillas. Tenía la boca entreabierta y le había entrado nieve. En el cabello se apreciaban cristales de hielo. Marson pensó en el alemán muerto. Movió la mano para coger el casco de Asch, que le había volado al caer.

—Saul —dijo.

Asch abrió los ojos.

—Me han dado —dijo—. Joder. —Se puso a llorar—. Oh, Dios mío, me han dado.

—Escucha —dijo Marson—. ¿Puedes levantarte?

El otro le miró con profunda exasperación.

—Vale, ¿quieres que bailemos? Saldremos de aquí haciendo un vals. Nadie sabrá qué ha pasado.

—Si pones el brazo sobre mi cuello, ¿podrás andar?

—Sácame de aquí como sea, tío. Me han herido. Maldita sea. Me han herido, joder. —Estaba llorando otra vez.

Marson se puso de rodillas, cargó la carabina de Asch

junto a la suya y luego lo levantó poniéndose de pie, apoyado el peso en la cadera, consiguiendo que el otro le pasara el brazo por el cuello, sin soltar el casco sujeto con la otra mano. Se tambaleó bajo el peso e intentó correr, valiéndose de las pocas fuerzas que le quedaban, consciente de que los francotiradores vigilaban a los que intentaban ayudar. Tuvo la inmensa certeza de que iban a pegarle un tiro de un momento a otro, y eso hizo que se le removieran las tripas. Se oyó emitir un sonido, una especie de grito de dolor. Pero no ocurrió nada. Se afanaba cargando al otro por el campo bañado de luz de luna, y el tirador, dondequiera que estuviese, no disparó.

—No me noto las piernas, tío. —Asch sollozaba—. Nunca veré a mi hijo. ¡Dios! Me voy a morir, ¿verdad? Di, Marson, ¿no es verdad? Me voy a morir, Dios mío. No noto las piernas.

Marson avanzó a trompicones por la nieve en dirección al saliente de roca, más allá del montículo nevado en el que se apreciaban las huellas de todos ellos. Saber que no oiría el disparo hasta que la bala se incrustara en él lo hizo gruñir y apresurarse. Su pánico iba en aumento. El sonido de la nieve crujiendo bajo sus pies era demasiado fuerte. Todo vibraba, todo gritaba con el no-sonido de la bala que sentía ir hacia él, pero finalmente pudo atravesar el claro, poniéndose fuera del alcance del francotirador, bajo el saliente, jadeando, y allí estaba Joyner con el viejo, ambos mirando fijo hacia el lugar de donde habían venido él y Asch. No hubo más disparos.

Joyner extendió una manta en un lugar llano y seco bajo la roca. Asch se tumbó sobre el costado derecho. Gemía. Estaba sólo medio consciente. Los otros dos procedieron a quitarle los correajes, la guerrera y la camisa a fin de echar un vistazo a la herida. La bala había entrado por las costillas sin tocar hueso, unos veinte o veinticinco centímetros más arriba de la cadera izquierda, saliendo ligeramente más abajo y como dos o tres centímetros hacia el centro del bajo vientre. Había recorrido un largo trecho y no parecía haber astillado ningún hueso. El orificio de salida era ligeramente más ancho que el de entrada y manaba sangre, una mancha negra extendiéndose al claro de luna. Joyner y Marson trataban de cortar la hemorragia empleando gasas del botiquín del cabo, y luego del de Joyner, apretando con las manos. A Marson le inquietaba lo que pudiera estar acercándose desde el otro lado del campo, pero el viejo vigilaba, mirando de vez en cuando lo que hacían los otros dos.

—Me cago de frío —dijo Asch—. Me voy a congelar.

Marson intentó taparlo, pero no había manera de contener una hemorragia si no tenías la herida a la vista, y ahora el orificio de entrada sangraba también. La manta se iba empapando de sangre.

—Esto no para —sollozó Asch—. Me estoy vaciando. Joder.

—Sí, está parando —le dijo Joyner—. Tranquilo.

Siguieron en ello, conscientes de la presencia hostil a su alrededor, en la oscuridad teñida de luna.

—Yo no he hecho nada —dijo Asch, en voz baja, echándose a llorar—. He sido una buena persona. Nunca le hice daño a nadie adrede. Lo juro.

—Cállate —dijo Joyner—. Ya va parando. Te vendaremos y te llevaremos abajo, y te librarás de esta puta guerra.

—Estoy asustado, Benny. La herida es fea, ¿verdad? No se me pasa la tiritona.

Joyner guardó silencio, concentrado en contener la hemorragia. Marson se puso de pie y dirigió la vista hacia el campo y luego al cielo. Asch respiraba más rápido ahora. La herida de entrada había dejado de sangrar. Una nueva ráfaga de viento le hizo percatarse de que Asch tenía la carne al descubierto. Se arrodilló para taparle la espalda lo mejor que pudo con la guerrera ensangrentada. Joyner seguía trabajando con el orificio de salida.

—Ya para —murmuraba una y otra vez—. Está parando. Todo irá bien. Ya casi no sangras.

—Esto empieza a doler —dijo Asch—. Oh, Dios, ayúdame. Cómo duele.

—Ha dejado de sangrar —dijo Joyner—. El frío te va bien, ayuda a cortar la hemorragia.

—Estoy helado.

—El frío va bien. Ya casi no sale sangre. En serio.

—Sí, pero necesito algo para el dolor. Dadme algo para el dolor.

En el botiquín había jeringuillas de morfina. Marson arrancó el precinto de una y la introdujo en el muslo de Asch.

—Ponle otra —dijo Joyner.

Así lo hizo Marson.

—Yo no quería que pasara —gimió Asch.

El cabo vio que Angelo los observaba, sin perder de vista el campo. La cara del viejo se veía cambiada; ahora, con la luz sombría, se apreciaban mejor las extrañas marcas de la frente, y sus negros ojos parecían absorberlo todo. Marson tuvo el desagradable presentimiento de haber juzgado mal a Angelo.

Asch lloraba flojito y se disculpaba por el ruido.

—Yo no quería que pasara esto. Lo siento, chicos.

—Te salvas de la guerra, chaval —dijo Joyner—. Que suerte tienes, so cabrón.

—Ya. Pero, Benny, ¿y toda la sangre que he perdido?

—Bah, tenemos litros y litros dentro. Sangre para dar y para vender. Yo sangré tanto como tú de un corte que me hice jugando al fútbol.

—Lo he dejado todo perdido —dijo Asch, como si le preocupara el espectáculo que podía estar dando.

—Ya para —le dijo Joyner—. Si fueras a dar sangre y vaciaras el tubito de lo que te han sacado, vendría a ser más o menos como esto.

—He perdido cantidad de sangre, chicos —sollozó Asch.

Permanecieron un rato callados. Sólo se oía gemir y respirar al soldado herido.

—Si al menos dejara de temblar. Dios, sabía que nos iba a pasar esto. Lo sabía. Sabía que nos iban a cazar en esta montaña de mierda. Ha sido una maldición desde el principio.

Entretanto, el viejo parecía contemplar sin más a los otros tres mientras vigilaba el campo nevado. A Marson le pareció que su semblante era el de alguien que ya no teme por sí mismo. Como si el viejo estuviera al margen. Resultaba inquietante, y Marson lo registró al tiempo que decidía que lo sensato sería no quitarle ojo de encima. Podía ser que, en vez de vigilar si se acercaba el enemigo, estuviera esperando un posible rescate. La idea lo penetró como una ráfaga de viento helado. Se acercó adonde estaba el viejo y dirigió la vista hacia el campo.

—¿Ves algo? —preguntó—. *Capish?*

El viejo negó con la cabeza. Tenía una actitud casi arrogante, como si ya no se tomara la molestia de temer ni respetar a estos jóvenes soldados a los que le unía una situación complicada. Al pensar en ello, Marson tuvo la sensación de haber estado fugazmente en la mente del otro. Le miró a los ojos, acercándose un poco más, tratando de ver en la oscuridad de su mirada. La luna no daba luz suficiente para verle los iris, pero Marson tuvo la razonable certeza de que no estaba imaginando esa sensación.

—*Tedesco?* —dijo.

—*Italiano, signore.*

—Guía, ¿vale?

—*Guida*, sí.

—¿*Tedeschi* allí? —Marson señaló con el dedo.

—*Tedeschi*... No. *Nessun tedesco. Nessuno che vede. Niente.*

—Llévanos montaña abajo. —El cabo Marson quiso que sonara con la fuerza de una orden.

El viejo, sin embargo, le miró con cara de no entender, como esperando que el otro se echara atrás.

—*Non capisco*.

—Chicos —dijo Asch de repente—. Eh, chicos.

—Estamos aquí —dijo Joyner.

—No puedo mover las piernas.

—Estoy seguro de que no ha tocado la columna.

—No puedo mover las piernas, chicos.

Joyner le apretó el tobillo.

—¿Notas esto? —dijo.

—¿El qué?

Miró a Marson.

—Oh, Dios... Dios. No noto las piernas.

—Se te pasará —le dijo Joyner. Seguía con el orificio de salida, retirando vendas ennegrecidas y dejándolas sobre la nieve. Marson observó al viejo y miró hacia los árboles. Con el telescopio inspeccionó la extensión de nieve virgen y los árboles más alejados. Ningún movimiento.

—Después le darás gracias a Dios por esta herida —le decía Joyner a Asch.

Por fin, consiguió detener la hemorragia por completo. Pero quedaba lo de las piernas. Era extraño que le ocurriera eso, puesto que la bala había pasado a medio palmo de la espina dorsal, saliendo unos centímetros a la izquierda; no podía haber roto o astillado nada. No había peligro de dañar la columna si lo movían, o al menos eso fue lo que pensó Marson, y Joyner, que había hecho un cursillo de medicina de varias semanas antes de zarpar para Italia, aseguraba que no había peligro alguno. Joyner atribuía la falta de sensibilidad en las piernas al trauma, y dijo que estaba casi seguro de que Asch la recuperaría tan pronto la tensión sanguínea volviera a ser normal. Eso mismo le dijo a Asch, hablando con gran seguridad, y Asch le dio las gracias y luego quedó sumido en un estado de semiinconsciencia.

—Buddy —dijo luego, en voz alta, sonora—, ¿y la pasta de dientes? Alguien ha cogido la pasta de dientes.

—La tengo yo, Saul —dijo Joyner.

Asch pareció sumamente aliviado.

—Ah, gracias, Buddy. Eres un buen hermano. —Derramó unas cuantas lágrimas—. Debería haberte regalado aquel guante de béisbol. Tendrías que haber visto lo que yo vi. En el Sáhara. No me lo quito de la cabeza, Buddy.

Joyner le estaba vendando la herida lo mejor posible. No tenían la certeza de que Asch no estuviera sangrando por dentro. A juzgar por el ángulo de entrada, la bala podría haber perforado parte del intestino. Joyner se inclinó hacia Marson para decírselo. Marson se fijó en que el viejo los miraba.

—¿Padre? —dijo Asch, ahora en voz baja, y perdió otra vez el conocimiento.

Usaron vendas de los tres botiquines. El viejo los observaba, pero sin dejar de mirar hacia la hilera de árboles en la margen derecha del campo.

—¿Estás buscando algo por allí? —le preguntó Marson.

El viejo no sabía que le hablaban a él.

—Angelo.

Volvió la cabeza, asustado.

—¿Qué es lo que buscas allí?

—*Non capisco* —dijo Angelo.

Le abrocharon la guerrera a Asch, y tras una tensa espera de varios minutos, observando el panorama del campo a la luz de la luna y los árboles que lo flanqueaban, retomaron la marcha a través del escalón de la cima y cuesta abajo. Marson cargaba con Asch a la espalda, sujetándolo de un brazo por la muñeca y, con la mano izquierda entre las piernas, agarrándole el grueso muslo. Joyner llevaba las carabinas y dos de las mochilas. El viejo los precedía, cargando la tercera. Avanzaban serpenteando entre los árboles. Se detuvieron varias veces para escuchar y para descansar un poco. Progresaban muy lentamente, y a todo esto el aire era cada vez más frío, el viento más penetrante. Siguieron bajando. A Marson le ardían las piernas, le dolían las costillas, no podía respirar bien; la ampolla en el talón producía chispazos de dolor que le subían a la cadera. Iba trastabillando hasta el siguiente árbol, o la siguiente roca o volumen que pudiera servir de parapeto contra posibles francotiradores; y no dejaba de rezar, o cuando menos de intentarlo, identificando cada vez más al Dios en el que creía con la inmensidad que ahora lo rodeaba. Y todo el tiempo con la sensación de que alguien intentaba fijarlo en el punto de mira.

Cuando llegaron al pequeño campamento donde estaba el cadáver del alemán, se situaron al otro lado del árbol caído e intentaron descansar. Marson depositó a Asch en la nieve con cuidado, de forma que yaciera otra vez sobre el flanco. Joyner echó un vistazo para ver si sangraban las heridas, y no. Los dos soldados se colocaron uno a cada lado de Asch, aspirando el aire frío a la espera de recuperar fuerzas. Asch, que estaba inconsciente, soñó algo. Volvía a salir Buddy, repetidas veces, y también África en un revoltillo de palabras. Era horrible pensar que, incluso en su delirio, estuviera reviviendo el incidente del tanque en llamas.

El viento soplaba de mala manera, pero la nieve se había helado casi por completo, convertida en una corteza sólida que sus botas debían romper a cada paso. El cuerpo del oficial alemán estaba prácticamente cubierto de nieve endurecida; era sólo un montículo con forma humana, ahora, y de donde se suponía que estaba el cuello sobresalía una punta de tela helada, un cuello de camisa.

Marson echó un trago de la cantimplora y se percató de que el viejo lo estaba observando. Le ofreció la cantimplora, y el viejo bebió largamente. Si el francotirador los estaba persiguiendo, podía acabar con ellos de uno en uno. Ese pensamiento hizo que Marson se agachara, mirando más allá del cuerpo semisepultado en busca de algún movimiento. El viejo le devolvió la cantimplora y se sentó detrás del árbol con las rodillas recogidas y abrazándose a ellas.

—No creo que lleguemos a saber quién era, o qué era —dijo Joyner.

—Suelen dejar rezagados —dijo Marson—. Probablemente ha seguido a los demás después de disparar.

—O está al acecho, el hijoputa.

Marson volvió a observar. Árboles y sombras estaban inmóviles como imágenes impresas. El viento había amainado otra vez.

—El frío tampoco está tan mal, siempre y cuando no sople viento. —Joyner le ofreció la cantimplora a Asch, que acababa de moverse pero no estaba del todo despierto. Joyner bebió a pequeños sorbos y luego hizo un ruido como si fuera a vomitar—. Perdón —dijo.

—¿Te encuentras bien? —le preguntó Marson.

—Tengo náuseas. Había mucha sangre. No aguanto muy bien la sangre, ¿sabes? Por culpa de eso no pude hacer de médico.

También Marson sentía un poco de náuseas otra vez. Miró de nuevo. El campo nevado, que formaba como una calle entre las dos hileras de árboles, estaba intacto.

—¿Qué hora crees que será? —dijo.

—No mucho más de las doce.

El viejo tosió, escupió y se frotó la boca. Luego, apoyando la parte posterior de la cabeza en el árbol, cerró los ojos.

—Tengo una idea —dijo Joyner.

Marson volvió la cabeza.

—Disfrazamos al cabeza cuadrada como si fuera uno de nosotros, con carabina y todo, y lo apoyamos en un árbol o donde sea. Si nos persigue un francotirador, quizá le pegará un tiro al muerto. Nos puede servir de aviso, ¿entiendes?

—¿Y si nos dispara mientras lo estamos disfrazando? —dijo Marson.

—Ahora estamos a la sombra. No sería fácil darnos.

—¿Quieres correr ese riesgo?

—Lo que sea, con tal de quitarme de encima la sensación de que alguien me está apuntando todo el rato mientras bajamos por la puta montaña.

—Está bien. Manos a la obra.

Se levantaron al mismo tiempo, y el viejo se puso de pie también. Marson se fijó en que llevaba a cuestas la mochila de Asch, con las correas colgando. Seguramente le proporcionaba algún calor. Cuando Marson intentó establecer contacto visual para comunicarse con él, el viejo apartó la vista sin más.

—No —dijo Marson—. Quédate ahí.

El viejo aguardó, y Marson se acercó a él y le indicó por señas que se agachara. En ese momento, Asch soltó un gemido, se giró un poco y levantó la cabeza.

—Robert —llamó.

—Vamos a poner un señuelo —le dijo el cabo Marson.

—¿No bajamos a la carretera?

—Todavía no.

—Me lo imaginaba. Y estoy sangrando otra vez. Lo noto.

Marson se puso de rodillas, le abrió la guerrera y examinó los vendajes. No había manchas de sangre. Ahora no sangras —dijo.

—Yo lo noto —dijo Asch—. Es por dentro.

—Quédate quieto. —Marson indicó nuevamente al viejo que se agachara. Joyner estaba ya al otro lado del árbol y se había metido en el agua del riachuelo, que la nieve había cubierto. No se había helado del todo.

—Puto hielo —dijo, sentándose—. Maldita sea. Ahora se me va a congelar un pie. Joder.

Marson fue hasta él y le ayudó a levantarse. Estaban en el otro lado del árbol, a la luz de la luna; ambos se dieron cuenta al mismo tiempo y miraron hacia la calle de nieve, temiendo el disparo que no iban a oír.

Sacar el cadáver de donde estaba les llevó mucho tiempo. Tuvieron que romper la corteza helada con las herramientas de abrir trincheras y luego cavar con las manos para ir sacando la nieve. El cadáver tenía hielo sobre la cara, y las manos estaban tan congeladas que no había forma de moverle los dedos. Con el extremo afilado de la herramienta, Joyner cortó cuatro de los dedos para desalojar la mano izquierda. Tuvo arcadas. Tosió. Se apartó unos pasos hacia los árboles. No se le pasaba.

—Esto es espantoso —dijo—. Maldita sea.

—Vamos —ordenó Marson.

—Tengo ganas de vomitar.

El viejo tosió y se apartó un poco de árbol, sujetando la mochila de Asch.

—*Che cosa state facendo?* ¿Qué cosa hacéis?

—Al suelo —le dijo Marson, gesticulando.

Joyner volvió al cadáver y se puso a apartar la nieve que rodeaba las piernas. Murmuraba y maldecía todo el rato, mirando de reojo el campo bañado de blancura lunar. Marson se agachó para echar una mano. El viejo simplemente se puso en cuclillas y los miró.

Al final consiguieron sacar la otra mano sin dañarla. Por dos veces pararon, a la escucha, y Joyner fue a ver cómo seguía Asch. El herido pasaba momentos despierto pero inquieto, y otros inconsciente. El viejo volvió al tronco y se sentó allí de espaldas con la mochila de Asch a modo de cojín. Se mecía para contrarrestar el frío, abrazado a sus rodillas, mirando a Asch, y de vez en cuando se levantaba para otear el terreno despejado.

El cadáver estaba rígido, como una piedra, y pesaba mucho más de lo que los dos soldados habían imaginado. Finalmente, el viejo tuvo que abandonar el árbol y colaborar. Lo pusieron derecho, pero los brazos estaban muy separados del cuerpo, como si quisieran alcanzar el cielo ahora despejado y brillante. La sombra que dibujaba en la superficie pisoteada de nieve parecía la de una estatua.

—No pensaba que iba a desear que lloviera otra vez —dijo Joyner—. Cualquier cosa menos esta maldita luna.

Levantaron el cuerpo como si fuera un leño grande, lo transportaron hasta uno de los árboles que había pasado el campamento y lo dejaron allí apoyado. Marson se agachó para romper la corteza de nieve y hacer unos montones junto a los pies del muerto para que se sostuviera. Los pies estaban separados algo más de un palmo, debido a que las piernas se habían abierto ligeramente al caer tras el disparo.

—Con esto no vamos a engañar a nadie —dijo Joyner, resollando por el esfuerzo.

—¿No podemos bajarle los brazos?

—Están duros como piedras.

—Envuélvelo con tu manta.

—Tendré que usar la de Asch. La mía está cubierta de sangre.

También la manta de Asch lo estaba, y con el frío se estaba quedando tiesa. Consiguieron amoldarla a la forma del cuerpo y luego se apartaron unos pasos para ver el efecto. Parecía que el soldado intentara trepar al árbol.

—Pasemos la manta alrededor de los brazos, y del árbol —dijo Marson—, y dejemos la cabeza fuera.

Intentaron hacerlo. Joyner estaba sin resuello y tosía. Tenía arcadas. Marson observó al viejo con el rabillo del ojo. Cuando tuvieron el cadáver atado, volvieron a retroceder para mirarlo; ahora parecía que estuviera abrazado al árbol.

—Mierda —dijo Joyner—. No se puede hacer más.

Marson le puso el casco de Asch. Tuvo que rellenarlo con nieve. Joyner vació el cargador de la carabina de Asch y colocó ésta en un pliegue de la manta, a la altura del pecho. A todo esto, de vez en cuando tenían que hacer una pausa para escuchar.

—Bueno —dijo Marson—. No sé.

—A mí me parece un fiambre atado a un árbol.

—Un maniquí —dijo Marson—. Pero quizá desde lejos...

Oyeron que Asch parecía atragantarse y volvieron corriendo. Era saliva que se le había acumulado en la garganta. Tosió, expulsándola, los miró, dijo algo ininteligible sobre el frío y empezó a murmurar. Lloraba. No entendieron nada de lo que decía. Al poco rato volvió a perder el conocimiento.

Marson se situó cerca de la base del árbol y escrutó el sendero entre las hileras de árboles. Joyner se sentó a su lado con la espalda contra el tronco. El viejo estaba de cara a Joyner, muy encogido, mirando a Asch, que seguía agitándose y gimiendo pero no volvía en sí. Marson sintió el terrible dolor en el pie; le hizo pensar en el talón, latiendo al pulso que marcaba la ampolla. Estaba esperando a que la intensidad se desplazara. Ahora había más nubes. Era como un trecho de costa surcando el cielo, lenta pero inexorablemente, desde el este. Pronto estaría tan oscuro como cuando llovía. Marson le hizo señas a Joyner para que se fijara, y Joyner asintió con la cabeza.

Esta vez colocaron a Asch sobre la espalda de Joyner y, con el viejo cargando la mochila del herido, se pusieron en marcha de nuevo e iniciaron el lento y tortuoso descenso. Marson no recordaba que esta parte de la ascensión fuera tan empinada; sabía que no era así. Les tenía pánico a los sitios que eran muy empinados, pero la nieve proporcionaba una cierta sujeción; la corteza se quebraba cada vez que apoyaban un pie y luego se les ceñía a los muslos. El viejo los llevó por el mismo sendero por el que los había conducido al subir, y en uno de los recodos se detuvo y miró a su izquierda, expectante. Lo vieron escudriñar los árboles.

—¿Ves algo? —le preguntó Marson.

—*Niente*. —Pero había puesto aquella cara.

Cuando llegaron al lugar en donde habían visto al ciervo, se situaron al abrigo de un árbol grande e hicieron otra pausa. Asch estaba inconsciente, pero respiraba. El viejo se descargó la mochila y apoyó en ella la espalda, suspirando.

Marson le miró, convencido de que algo había cambiado en aquel hombre; ahora estaba como a la expectativa, con la actitud de quien tiende una emboscada.

—Angelo. —Le sonrió—. Si haces cualquier cosa para guiarlos hasta nosotros, te pego un tiro antes de disparar contra ellos. *Capish?*

—*Guida* —dijo el viejo, cabeceando. Luego sonrió, pero fue sólo un momento. Se abrazaba con ambas manos, recostado en la mochila de Asch.

—Yo ya dije que no me fiaba de él. —Era Joyner. Estaba sin aliento y la voz le salía ronca—. Este viejo es capaz de todo. Por fin te has dado cuenta, ¿eh? Tú también piensas que es un fascista.

—Yo no sé lo que pienso —replicó Marson.

—*Non sono fascista* —dijo Angelo.

Esperaron. Joyner echó un trago de su cantimplora. Después, tras una pausa que evidenciaba su desconfianza, se la ofreció al viejo, que acababa de llevarse a la boca un puñado de nieve.

—*Grazie*, no —dijo el viejo.

En algún momento de los siguientes treinta segundos, oyeron un disparo; el eco se propagó por la silenciosa nieve y por la negrura de los árboles, desde muy lejos.

A esta altitud el sonido llega más lejos, se dijo Marson. El disparo había sonado a sus espaldas. Él así lo creía.

—Voy a volver sobre nuestros pasos —le dijo a Joyner— y le haré salir.

—No. Mira —dijo Joyner—, sigamos bajando esta maldita montaña.

—No podemos avanzar más deprisa. Nos alcanzará. Llegará hasta donde pueda vernos a todos y nos matará.

—Lo dudo. Yo creó que deberíamos bajar a la carretera lo más rápido posible.

Marson reflexionó un momento.

—Que Angelo te lleve abajo. Vosotros id siguiendo. Ya os alcanzaré.

El viejo los estaba mirando alternativamente. Pero luego señaló montaña arriba.

—*Tedeschi* —dijo.

—Ya. Vamos, en marcha —dijo Marson.

Asch gimió.

—Este frío le va a salvar la vida —dijo Joyner—. Sangraría más si hiciera calor. Eso lo sé.

—Llévatelo montaña abajo. En serio. Yo iré después. Será fácil seguir las huellas en la nieve.

Joyner meneó la cabeza.

—Tengo un mal presentimiento.

—De todos modos necesitamos averiguar quién nos sigue. Si es un regimiento, los de la carretera necesitarán saberlo, ¿no?

—Es un francotirador. Yo creo que no se acercará mucho más.

—Mira, hazlo por mí —dijo el cabo Marson—. Coge a Asch y marchaos. —Miró al viejo—. Montaña abajo, *capish?*

—Sí —dijo el viejo. Pero ahora estaba claro que no entendía nada, sólo trataba de mostrar lealtad.

Marson indicó por gestos a Asch y a Joyner. Después señaló montaña abajo y dijo:

—*Guida*.

—Ah —dijo el viejo, casi con ansia—. Sí. Sí.

—Lo siento —oyeron murmurar a Asch. Luego se calló.

—De acuerdo, nos vamos —le dijo Joyner al viejo—. Un falso movimiento y eres hombre muerto. *Morto*. *Capish?*

Angelo puso cara de miedo.

Marson señaló la dirección que debían seguir:

—Abajo.

—*Capisco*. Sí.

Marson se alejó. El viejo lo vio partir. Joyner estaba haciendo algo con Asch, y Marson vio que le había quitado el reloj. Siguió andando, despacio, entre los árboles, siempre por el lado derecho del sendero y avanzando de árbol en árbol, bordeando el terreno que acababan de cubrir. Dio un amplio rodeo pero siempre a la vista de todo, moviéndose con suma lentitud y parando de vez en cuando para escuchar el bosque; a su alrededor, la luz de la luna empezaba a flaquear, pues la masa de nubes con forma de costa había avanzado y la luna brillaba por detrás, pero las nubes se espesaban poco a poco y cada vez estaba más oscuro. La penumbra hacía que el bosque pareciera más tupido. De repente le vino a la cabeza que se encontraba en Italia, a solas, en un bosque, que ésta era la noche más larga de toda su vida y que alguien acechaba por allí provisto de un rifle con mira telescópica. Se parapetó tras un árbol grande, aspirando el olor de su gruesa corteza, y pensó en la ampolla del talón. El dolor empeoraba por momentos, pero no conseguía que su mente lo registrara como un dolor. Lo que sentía ahora, acechando en la oscuridad a la espera de que alguien le pegara un tiro de un momento a otro, esa tensión, dominaba sobre las incomodidades físicas que estaba padeciendo, y luego estaba el frío, sobre todo en la punta de los dedos de pies y manos, el tiritar constante, la sensación de querer tan sólo tumbarse a descansar, aun a sabiendas de que eso significaba la muerte. Era incapaz de evocar la más mínima imagen de su vida antes de este preciso momento, de esa negra quietud, con el pánico a cualquier movimiento o cualquier sonido, y la punzada en los pulmones, el temblor de los músculos en la parte baja de la espalda y en las piernas.

Sagrado Corazón de Jesús, en vos confío.

Palabras sin significado. No existía nada más que esa ausencia de vida, que ese miedo. Sus sentidos estaban más agudizados que nunca y, sin embargo, no podía pensar en otra cosa que en la oscuridad y en lo que podía estar moviéndose allí. Avanzaba en la negrura como un felino, buscando un sitio donde emboscarse.

Llegó a unos metros del campamento y del cadáver, que ahora yacía en el suelo al lado del árbol. Esto le causó impresión. Se puso de rodillas detrás de una pequeña roca y esperó. Al cabo de unos minutos de escuchar, barriendo el pasillo de nieve con el telescopio, se situó en un lugar desde donde pudiera ver bien el cadáver, pero la oscuridad le impedía percibir si había sido abatido por un disparo. Se encontraba a unos pasos de las raíces del árbol caído y, arrastrándose, se aproximó a la pequeña depresión del terreno en donde había estado la lumbre. La oscuridad no permitía sacar conclusiones. No podía hacer otra cosa que esperar. Estaba razonablemente seguro de que una bala había tumbado el cadáver —la treta había funcionado— y que el cadáver había caído como un hombre al que le disparan. El tirador, si realmente los estaba siguiendo, tendría que avanzar manteniendo la distancia y moviéndose como lo hace un francotirador, despacio y con sigilo. Así lo sentía el cabo Marson: era como intentar detener a alguna especie rara, a una criatura de la naturaleza.

La oscuridad era ahora casi absoluta. Podía ser que el francotirador estuviera más allá de este pequeño cuadrado de terreno, de modo que era preciso tratar de vigilar en todas direcciones. Marson se volvió despacio, mirando por el casi inútil telescopio. La posibilidad de que el francotirador hubiera pasado por su lado acrecentó su pánico. Y era pánico; una profunda, negra inquietud, insistente como un tic nervioso y tan dominante que apenas era consciente de ella. Marson escrutó la noche con una mirada fija y expectante.

La oscuridad no aportaba el menor sonido; el viento había amainado. El aire, sin embargo, era cada vez más frío. La línea de árboles a derecha e izquierda, la calle de nieve, todo ello parecía esfumarse a medida que la luz abandonaba el cielo.

En los minutos que siguieron le pareció, un par de veces, que el cadáver se movía, o suspiraba, o tomaba aire. Debía de estar viendo visiones. Pasó otro ciervo y a punto estuvo de disparar. Le asustó tanto el sonido de las pezuñas al quebrar la costra de nieve que dejó escapar un gritito desde el fondo de su garganta. El ciervo pasó de largo, el bosque volvió a quedar en silencio, y el frío fue alcanzando cotas de congelación: todo se convertía en hielo. El aliento se le helaba en los labios. Marson empezaba a creer que la noche no daría frutos, que no aparecería el francotirador y todo habría sido en vano. Joyner y el viejo, más el cargamento, debían de estar ya muy abajo. Le vino a la mente la expresión de Asch mientras sangraba, y supo que debería sentir pena por él. Sí, había sentido pena por él, y por todos los seres humanos, pero ahora no la sentía. No era capaz de individualizar a Asch en tanto que persona; era como si fuera una idea más, sólo una palabra en labios de otro, un concepto. Rememoró la pequeña y ajada fotografía de su propia hija y no le hizo el menor efecto: era una foto, tan irreal como el pensamiento. La espera lo estaba cambiando, estaba chupando de él todos los elementos humanos, como si su espíritu se desangrara. Trató de imaginar a Helen, a sus padres, la calle, el porche, tal como los había visto aquel último día. No pudo. No fue capaz siquiera de empezar a evocarlos; el recuerdo de todo ello se rompía, se disolvía, estaba siendo borrado. Podía ver, en cambio, con toda claridad, los verdes ojos asombrados del alemán muerto, las pantorrilas sucias de la mujer. Ahora era un par de ojos que miraban y dos manos que empuñaban un rifle. Un ente vigilante, de ojos desorbitados, tiritando en el viento glacial, al acecho.

En realidad, no había pensado en cómo procedería cuando se topara con el francotirador, qué paso podía dar llegado el momento. No sabía si era capaz de disparar estando emboscado, y probablemente la cosa se limitaría a eso. Intentó imaginarse en esa situación, tal como solía imaginarse a sí mismo lanzando a tal o cual bateador, cuando era un buen jugador de béisbol y las cosas que le preocupaban eran estúpidas y triviales. No pudo imaginarse disparando. Intentó evocar el anhelo de recuperar su vida, algo que había experimentado anteriormente y durante mucho tiempo, pero también eso le faltaba ahora. Se dijo a sí mismo que jamás volvería a lamentarse de nada si conseguía salir de ésta, si conseguía salir de este país oscuro con sus colinas, valles y montañas, su mal tiempo. Pero sólo eran palabras, sólo ruidos dentro de su cabeza.

El sueño empezó a vencerlo. Llegó a hurtadillas, como un depredador que sabe cómo poner nerviosa a la presa, acorralándola. Se quedó dormido una vez, reaccionó, se desperezó un poco y afianzó las manos en torno a la carabina; luego se quedó otra vez dormido. La cabeza fue a chocar con la áspera superficie de una raíz gruesa; despertó sobresaltado y sorprendido del poder de su somnolencia, incluso sabiendo que podía pagar con su vida. Los párpados le pesaban tanto, tanto... Cogió un puñado de nieve y se lo llevó a la cara. Notó un fuerte escozor mientras trataba de recuperar los sentidos. Y muy poco después le entró otra vez la modorra. Arrodillado, se puso a tirar de los zarcillos de las raíces, sólo para estar activo. Volvió a frotarse la cara con nieve. Se vio a sí mismo en el claro, rodeado por numerosos ciervos, y él caía y caía.

Despertó casi gritando, aguantándose de gimotear. El campo estaba como antes; tampoco la noche había cambiado. No supo el tiempo que había estado dormido, o si realmente había llegado a dormirse, hasta que recordó los ciervos a su alrededor y el amplio claro donde se hallaba en el sueño.

No tenía el menor sentido del tiempo y no supo cuánto rato llevaba observando el lento avance de una forma más oscura en la oscuridad, a unos cincuenta metros del pequeño campamento, algo que se movía justo en la línea de los árboles con el campo nevado a su derecha. Miró por el telescopio, pero la lente se había empañado. Intentó escupir encima, pero no pudo producir saliva suficiente, de modo que frotó la lente contra la nieve y, al levantarla, descubrió que la forma ya no estaba. Trató de distinguirla de nuevo en la oscuridad, pero fue en vano. Estaba dispuesto a creer que se había equivocado, que no era más que otro ciervo. Volvió a inspeccionar el campo, la línea de los árboles, y no vio nada que se moviera. Bajó el telescopio, miró otra vez. Nada. Esperó, notando que de nuevo se adormilaba, y entonces sí percibió un movimiento, muy claro esta vez, como si la propia oscuridad se hubiera movido. Pero era algo que estaba dentro de la oscuridad, y entonces despertó del todo, lleno de terror. No era ningún ciervo.

El hombre parecía un tanto despreocupado, dada la situación, aunque prestaba cierta atención a los sitios más oscuros entre los árboles. Su actitud era la de alguien que obra con cautela sin acabar de creer que la cautela sea necesaria.

Con cuidado y procurando hacer el mínimo de ruido, Marson ajustó el telescopio a su carabina. Luego se puso de rodillas detrás del árbol caído y apuntó a la forma.

No del todo paulatinamente, sino con la sensación de un lento ensanchamiento de sí mismo, notó que su pánico disminuía. Fue como si le hubieran inoculado algo, una droga que le impedía sentir lo que había sentido sólo unos segundos antes. Vio, mentalmente y no de forma ordenada, sino en un revoltijo de imágenes, al alemán moribundo, al soldado con la mano quemada, a Asch tendido en la nieve sangrando por los pequeños orificios; vio las pantorrillas de la prostituta, escenas de matanza que se remontaban a Salerno... y todo era la misma cosa, un frío en el corazón, algo tan muerto como la piedra sobre la que yacía; él mismo era piedra, ojos de estatua en un busto de granito, observando por la mira telescópica como sabía que había hecho el francotirador. Su vida hasta entonces, todo aquello en lo que había creído o confiado, todos los recuerdos de su casa y de su país... todo había desaparecido —obliterado en la gélida oscuridad de este lugar— al fijar los hilos del retículo sobre la silueta que se aproximaba, y al sentir su propio dedo ciñéndose al gatillo. No pudo disparar. Soltó el gatillo y dejó la carabina a un lado, viendo cómo se acercaba la figura. Experimentó un gran apremio de mirarle la cara, pero luego pensó en el lugar donde, por las circunstancias de la vida, se hallaba ahora mismo. Y tuvo la inenarrable sensación de que era una vida que apenas había comenzado a vivir. Levantó la carabina una vez más, apuntó, hizo fuego.

El disparo atravesó la noche con un eco larguísimo. La figura cayó y quedó inmóvil. Marson aguardó, creyendo que podía haber otros, que otras formas aparecerían ahora, y que él dispararía contra quienquiera que intentase ayudar al que acababa de abatir. Entonces cayó en la cuenta de que él mismo era un francotirador.

Pero no apareció nadie. Nada se movió. La forma oscura yacía en la nieve, inmóvil, como a un centenar de metros.

Marson no supo cuánto tiempo estuvo esperando. Finalmente se puso de pie y avanzó, corriendo medio agachado, hasta el siguiente árbol. Cuando estuvo a la altura de la forma, esperó varios minutos y luego se acercó notando el viento que arreciaba, como si fuera una fuerza contraria. Su mente jamás le había parecido tan limpia, tan vacía; tuvo la sensación, inefable también, de que la vida —la que había llevado y la que le había salido al paso— nunca había estado tan bañada de claridad, una terrible claridad inhumana, hecha toda ella de precisión, la precisión de los engranajes de una máquina. Sólo que entonces, con una oleada de náusea, comprendió que esto era total y únicamente humano. Se alejó unos cuantos pasos y vomitó sobre la nieve. Miró el cielo enfurruñado y luego el campo, y tuvo la abrumadora impresión de que este lugar era el mundo, de que no había otro. Regresó adonde yacía la forma inerte. En la oscuridad del campo miró al hombre al que había matado y se llevó una sorpresa al descubrir que no era un soldado alemán, sino italiano; calzaba alpargatas y llevaba puesto un abrigo de oficial alemán. Probablemente era el abrigo que le faltaba al muerto que había servido de señuelo. Y este sujeto era sólo un bandido, un asesino que se movía entre los ejércitos. De tez morena, era enjuto de cara, de mandíbula prominente, barbudo, con unos pómulos altos y una boca que parecía un tajo. Había algo encima de una de sus negras patillas, y Marson vio que era un diente, una muela, con sus pequeñas extensiones óseas. La imagen le produjo nuevas arcadas. Le movió la quijada; se la cerró. Luego cogió el rifle del francotirador y lo arrojó al campo nevado. Estaban a solas, él y el muerto. El cabo Marson contempló de nuevo el espacio abierto, la línea de árboles. El francotirador sólo podía ser éste; su rifle llevaba mira telescópica. Sí, seguro que era él.

Se alejó del claro haciendo eses y tomó cuesta abajo, moviéndose deprisa, como si huyera de lo que acababa de hacer. Estaba convencido de que no alcanzaría a los otros. Ya no tenía náuseas, o menos que antes; sólo se sentía vacío, como si le hubieran chupado todo lo humano que tenía dentro. Avanzó un paso y pronunció su nombre una vez, dos veces. Le sonó hueco. No había nada salvo el frío glacial y el silencioso bosque, sus pies quebrando la costra de nieve, el dolor en el talón, el recuerdo distante de una calle y una casa, de una mujer encinta. «Cumple con tu deber», le había dicho su padre. Y ahora era incapaz de hallar en sus adentros un significado para esa frase. Nada significaba nada. Todos los pormenores estaban hechos pedazos. Hasta la última de las cosas no abstractas que pensaba parecía mirarlo mal, con gesto acusador. Y «cumple con tu deber» era una abstracción; el muerto hacía que esa frase pareciera una estupidez, una nimiedad. La vida se reducía al frío, al descenso, a los árboles encorvados bajo el peso de la nieve, al bello desorden de rocas, ramas caídas y nieve que configuraba la escena invernal en la que se movía, y cualquiera habría dicho que era un bello espectáculo. Él estaba vivo, caminaba, respiraba, recordaba, y todo ello estaba como muerto, entumecido de frío; en lo más hondo de su corazón, sentía como si su mente estuviera siendo reducida a una especie de castradora concentración en el lento avance montaña abajo.

Los encontró a los tres —Joyner, el viejo, Asch— no muy lejos de donde se habían separado. A cubierto de un árbol, Joyner le echó el alto.

—Soy yo —se identificó Marson. Y por un momento le pareció que era mentira—. ¿Cómo es que no habéis bajado más?

—Saul vomitaba. No podíamos moverlo —dijo Joyner—. Además, yo no quería abandonarte; lo mismo habrías hecho tú, lo sabes muy bien.

El viejo estaba allí de pie tiritando, mirando a Marson.

—Hemos oído el disparo —dijo Joyner—. Joder, nunca había pasado tanto miedo. No dejaba de pensar: ¿y si matan a Marson?

—Pues ya ves.

—Entonces, ¿te lo has cargado?

Marson miró al viejo.

—No era un cabeza cuadrada.

—¿Qué? —dijo Joyner.

—Era del país.

El viejo dijo:

—*Italiano?*

—Veo que lo has entendido. —Marson apuntó al viejo con la carabina, y el otro le tendió ambas manos.

—*Un certo figlio d'una puttana fascista* —dijo el viejo.

—Un hijo de puta fascista. ¿Alguien de tu pueblo? —preguntó Marson.

—*Collaborazionista fascista bastardo.*

—Sí —dijo Marson—. Bastardo.

De la manera más absurda, le vino a la cabeza una imagen: el instituto Saint Anthony, en Washington, DC, año 1937, la clase de la hermana Theresa sobre Shakespeare, y tocaba *El rey Lear*. Los alumnos tenían que elegir un pasaje para leerlo en voz alta, y Marson había escogido la alocución de Edmund que termina con la frase «Y ahora, dioses, defended a los bastardos». Marson lo había dicho con tal satisfacción, con tal brío, que al terminar la clase la monja lo había llevado aparte para explicarle que a veces era un problema gozar en exceso de las incoherencias de la vida. Había utilizado esa palabra. Marson no lo entendió, aunque sabía muy bien que a la hermana no le había gustado su manera de leer el texto.

Bajó la carabina y asintió mirando al viejo.

—Defended a los bastardos. —Al decirlo, sintió que recuperaba una parte de sí mismo, y eso le asustó como si temiera que su cerebro no fuera a resistir. En ese momento, no quería pensar en casa, no quería pensar en el amor, la familia, el hogar, la esperanza, y tampoco en un sueño que presuponía que lo que uno dejaba para el reino de lo onírico iba a estar ahí al despertar. Ayudó a Joyner a cargarse al herido sobre los hombros y empezaron a bajar, más deprisa ahora. El camino era tan empinado que varias veces tuvieron que deslizarse sentados en el suelo, tirando de Asch. Marson se ofreció a llevarlo, pero Joyner le dijo que no. A todo esto, Asch no emitía el menor sonido, su respiración era superficial. Las nubes taparon casi la luna y al poco rato empezó a llover otra vez, primero en forma de perdigones, diminutos fragmentos de escarcha, que se convirtieron en agua.

—Oh, no —dijo Joyner—. No, joder. La puta lluvia otra vez.

La espesa corteza de nieve se volvió resbaladiza. Todavía podían romperla con sus pisadas, pero ahora estaba tan dura que a veces patinaban, y romperla era sólo consecuencia de la caída.

Habían llegado al último trecho empinado de la ascensión, el peñasco donde habían dormido un poco al subir. Dejaron a Asch a cobijo y se acuclillaron, codo con codo, Joyner, Marson y el viejo. Una vez más acurrucados y resguardándose de la lluvia.

—Un italiano —dijo Marson—. No me cabe en la cabeza.

—Estaban en el otro bando, ¿no te acuerdas? —dijo Joyner.

—Tengo náuseas.

Joyner guardó silencio.

Asch se movió un poco, gimió. De repente, abrió los ojos. Por un momento, Marson creyó que podía haber muerto.

—¿Dónde estamos?

—Casi hemos llegado —dijo Marson.

—Me muero. Noto cómo se me va la sangre.

—Imaginaciones tuyas.

—No.

—Sí. Es sólo tu imaginación.

—Ya no tengo —dijo Asch—. Soy todo hechos, Robert. Vamos, pregunta lo que quieras. —Sollozó—. Pregúntame si me voy a morir.

—Saldrás de ésta, Saul. No falta nada. Ahorra energías. Saldrás de ésta.

—¿Tú ibas a la sesión continua? —dijo Asch.

Marson pensó que el otro deliraba otra vez y dijo: «Sí».

—Los sábados, sesión de tarde —continuó Asch—, ¿te acuerdas? —Tosió un poco; aparentemente una tos inofensiva, tímida, sin conexión con las heridas. Carraspeó—. Por cinco centavos podías tirarte todo el día en el cine.

—Ya.

—Me fastidiaba mucho tener que esperar a ver cómo terminaba la peli.

—El rescate in extremis —dijo Joyner.

—Exacto. —Asch sollozó—. Maldita sea. Y yo en el cine en vez de estar en la sinagoga...

—Eh, oye —dijo Joyner—. Marson se ha cargado al hijoputa que te hirió.

—Bueno, pues el hijoputa y yo pronto estaremos muertos. *B'rikh hu.* ¿Sabéis qué quiere decir? Quiere decir «Bendito sea él».

—Te morirás algún día, como todos nosotros —le dijo Joyner—. Pero antes te sacarán de esta puta guerra.

—A veces desearía ser católico.

—Yo a veces desearía ser judío —dijo Marson. Se sentía mal, como si no le hubiera tomado lo bastante en serio.

—Así podría confesarme y tan contento. —De modo que era una de las bromas de Asch.

—No veo de dónde vamos a sacar un cura —dijo Marson.

—¿Y para oír la confesión no sirve cualquier católico?

—No. El bautismo sí puede hacerlo cualquier católico.

—Bueno, ¿y si me bautizáis?

—¿En serio quieres ser bautizado?

—Nadar y guardar la ropa, dicen. —Asch sonrió—. Yo nunca creí demasiado; aprendíamos las oraciones, crecíamos rodeados de todo eso.

—Quédate quieto y calladito —dijo Joyner—, y en cuanto hayamos llegado abajo, yo mismo te bautizo.

—Soy un pecador.

—Como todo quisque —dijo Joyner.

—Me has llevado a cuestas, Benny. —Asch lloraba otra vez—. Perdona. Lo siento, Benny.

—Y yo también lo siento: además de pesar, apestas.

—Te creo.

—Cuando estés curado te acordarás de haber dicho todo esto y se te caerá la cara de vergüenza, chaval.

—Ojalá hubiera saboreado más las cosas.

—Ahorra saliva. Hazme caso.

Al cabo de un momento, Asch notó algo en la garganta y escupió.

—¿Es sangre? —dijo.

Al principio no le contestaron.
—¿Me habeís oído?
—Está muy oscuro y no se ve ni torta —dijo Joyner.
—¿Llueve otra vez?
—Como si fuera el fin del puto mundo —dijo Marson.

Reanudaron finalmente el descenso, batiendo la nieve apelmazada y azotados una vez más por la lluvia, con gotas que ahora eran finas y lacerantes como agujas de hielo. Joyner, con Asch a cuestas, resbaló en la nieve helada que empezaba a fundirse, y Marson tuvo que sacarlos a los dos de la base del árbol que había frenado su descenso. El viejo iba unos pasos más adelante, cargado con la mochila de Asch.

—Saul —dijo Joyner, subiéndoselo otra vez a la espalda—. ¿Le ves la cara? —le preguntó a Marson, que no pudo vérsela—. Te has meado encima de mí, Asch. ¡Eh, tú!

—Ya casi estamos abajo —dijo Marson.

A la vista de la carretera, se encontraron con que había allí un batallón de tanques. Joyner intentó ponerse a correr.

—No respira —iba diciendo—. Maldita sea, creo que ha dejado de respirar.

Cruzaron la carretera. Joyner depositó a Asch en la caja de una de las camionetas de dos toneladas y media, y un auxiliar médico de gruesas muñecas y hombros caídos se acercó para tomarle el pulso a Asch. Luego sopló dentro de su boca y le presionó el pecho, repitiendo la operación. Acto seguido, golpeó tres veces el pecho y apoyó su mejilla sobre el esternón. Hecho esto, se enderezó.

—Muerto —dijo. Introdujo la mano en la camisa empapada y le arrancó las placas de identificación, encajó una en la boca de Asch y dio un golpe al mentón, de modo que la placa quedara aprisionada entre sus dientes.

Joyner se lanzó sobre él.

—¡Maldito hijo de perra! —dijo, golpeando sin ton ni son. Hicieron falta otros dos hombres para dominarlo. Joyner se quedó sentado en el suelo, llorando, con los brazos sobre las rodillas levantadas, la lluvia repiqueteando sobre su casco y sus hombros. Marson se había dejado resbalar hasta el suelo, recostado en un jeep que acababa de llegar. Vio cómo dos soldados se llevaban el cuerpo de Asch. Lo intentó, pero no sentía nada por dentro. Todo era muerte. Muerte, muerte. La lluvia continuaba cayendo, implacable, y los otros se alejaron de Joyner, que no podía parar. Su voz se derramó en la noche que presagiaba ya la aurora, en la lluvia, en el borboteo del arroyo entre los árboles a pocos metros de allí.

La patrulla había seguido su camino. Hombres apostados entre los árboles al otro lado del cauce habían abierto fuego. Glick estaba muerto. McCaig y Lockhart eran bajas y ya no contaban para la guerra.

Todo de la noche a la mañana.

Un capitán alto y de ojos azul oscuro, con gafas de montura redonda, se les acercó y se los quedó mirando.

—Joder —dijo—. Esto es una cagada. Una soberana cagada, joder.

El viejo permanecía al lado del cabo Marson, con cara de culpable, casi como intentando pasar desapercibido, las manos metidas por dentro de la capa: era alguien esperando la liberación. Era evidente lo poco que significaba todo aquello para él, motivo por el cual Marson se sintió agraviado. Buscó con la mirada el carromato y el caballo, los bienes terrenales del viejo. Fue como si buscara algún indicio de existencia llevadera, ajeno a la locura bélica.

Joyner no paraba de llorar y de menear la cabeza, y cuando el capitán se plantó delante de él, alzó la cara, donde sus lágrimas fluían con la lluvia.

—Asesinos —dijo.

—Sí. Qué cosas —dijo el capitán.

—Asesinos.

El capitán se volvió hacia otros dos que estaban cerca.

—Sacadlo de aquí, haced el favor.

Levantaron a Joyner agarrándolo de los brazos. Marson no conocía a ninguno de ellos; era como si hubiera dejado atrás una guerra y se hubiera encontrado otra al regreso.

—Voy a dar parte de todo —dijo Joyner.

Los otros se lo llevaron, medio a rastras. El capitán se acercó a Marson, y éste se puso firmes.

—¿Quiere explicarme qué significa esto, cabo?

—Está que no puede más, señor —dijo el cabo Marson—. Ha llevado a cuestas al soldado Asch durante casi toda la bajada.

—¿Qué hay más al norte?

—Están en plena retirada —dijo Marson—. Muchos efectivos, rumbo al norte.

—Cuénteme lo demás.

Marson se oyó relatar la subida de la montaña, el cansancio, el soldado muerto, el francotirador que no era un alemán al acecho, sino un rezagado italiano. Mientras contaba todo esto, el viejo continuaba allí a la espera de que lo dejaran irse. Murmuraba algo sin dejar de mirar a los otros soldados, pestañeando bajo la lluvia.

El capitán le miró.

—Registradle —dijo a otros dos.

Se llevaron a Angelo a un aparte y empezaron a tantearle la capa. Encontraron la botellita de *schnapps*, unas monedas... y un mapa de la región dibujado a mano. En el mapa venía marcada la posición de unidades norteamericanas.

—Es un espía —dijo el capitán—. Lléveselo a ese bosque y péguele un tiro.

—¿Cómo? —dijo Marson—. ¿Qué?

—Ya ha oído lo que he dicho.

—Ni hablar, señor.

—¿Está contraviniendo una orden?

—Señor, no puede hablar en serio.

—A dos soldados de esta unidad los mataron un oficial de la SS y su fulana. Anoche se cargaron a otros cuatro. Fueron italianos, fingiendo que estaban contentos de que llegasen los aliados. Usted ha perdido a un hombre en circunstancias parecidas. Algunos italianos siguen en pie de guerra, y este viejo se dedica a pasar información sobre nosotros. No quiero correr ningún riesgo.

—Él no ha tenido nada que ver, señor.

—Es una orden, cabo. Esta gente conoce el castigo por espiar.

—Pero nos ayudó a llegar adonde teníamos que ir, señor. Cumplió su palabra.

—Sí, claro, y si los otros nos alcanzan hoy, hará de explorador para ellos. Una patrulla ha sido acribillada esta mañana, cabo, a manos de un par de campesinos con la misma pinta que él. Haga lo que le he dicho.

—Pero este hombre no está con ellos, señor. No tiene nada que ver. —Mientras lo decía, Marson tenía sus dudas de que fuese verdad. Ya no estaba seguro de nada.

—Mire, cabo. O lo hace usted o lo hago yo.

Angelo, evidentemente, se dio cuenta de qué era lo que estaban hablando. Empezó a musitar algo mientras bailoteaba de nervios, mirando al cielo, la lluvia.

—*Ave Maria* —dijo en voz alta—, *piena di grazia, il Signore è con te.* —Siguió alzando la voz mientras el capitán se volvía hacia él, y Marson comprendió segundos después que el viejo estaba rezando el avemaría en su lengua—: *Tu sei benedetta fra le donne e benedetto...*

—Por favor, capitán —dijo Marson.

El oficial sacó su pistola.

—Espere, señor. Él es mi prisionero.

El capitán le miró de hito en hito. Había otros observando la escena. Angelo miró en derredor, a los soldados que se lo comían con la vista, y repitió la oración en alta voz, bailando de puro pánico: «*Ave Maria, piena di grazia...*».

Marson repitió:

—Es mi prisionero, señor.

Un instante después, el viejo no pudo aguantarse y la orina resbaló por las perneras de su pantalón y formó un charco humeante a sus pies. Marson le miró las alpargatas.

—Llévеselo a los árboles y haga lo que le he dicho —ordenó el capitán—. ¡Ya!

El cabo Marson apuntó a Angelo con la carabina y le hizo señas para que se moviera. El viejo se postró de rodillas, con las manos juntas, como si Marson fuera un icono al que estuviera rezando.

—Levanta —dijo el cabo, consciente de que los demás le estaban mirando.

El viejo se puso de pie, muy despacio, todavía en actitud de súplica y mirando a Marson con una mezcla de incredulidad y terror.

—*Amico* —dijo—. Amigo.

Marson le indicó que echara a andar y el hombre empezó a moverse a pasitos, llorando y rezando el avemaría. El cabo Marson conocía más que de sobra esa oración, pero no conseguía recordarla en inglés; era como si nunca hubiera existido en otro idioma más que en italiano.

Se metieron entre los árboles del lado de la carretera que daba al río y continuaron por un sendero que corría paralelo al agua y que se alejaba serpenteando de la carretera. Marson siguió indicándole por gestos que no se detuviera. Despuntaba el día detrás de los nubarrones, el cielo cobraba luz, gris y frío, con jirones negros flotando a la deriva, y la helada lluvia continuaba cayendo como si no hubiera parado nunca. Marson volvió un poco la cabeza para cerciorarse de que estaban ya fuera de la vista de la carretera, y de los otros.

—Vale, para —le dijo al viejo—. Espera.

Angelo se detuvo. Dio media vuelta. Parecía haber recobrado la compostura. Su mirada reflejaba algo diferente. De pronto, con claridad, dijo: «Cerdo». Su boca se torció en una extraña mueca desdentada.

Marson le miró fijamente y no pudo detectar nada en

sus negros ojos. Luego, sin embargo, le pareció que el odio había tensado brevemente el rostro del viejo.

—*Santa Maria, madre di Dio, prega per noi peccatori, adesso e nell'ora della nostra morte. Amen.*

—*Madre di Dio* —dijo Marson.

Angelo se postró de rodillas. Y en su expresión se podía ver ahora que no sentía hacia el otro más que aborrecimiento. Era una expresión desafiante, pero resignada. Había en ella un curioso brillo de victoria. Era la mirada de quien se ha demostrado a sí mismo que estaba en lo cierto. Sin duda, esperaba morir de un momento a otro, y lo había aceptado.

Conducir a Marson y a los otros por la montaña había sido un modo de sobrevivir; Joyner había acertado con él desde el primer momento.

—Fascista —le dijo Marson.

—*Uccidami* —murmuró Angelo entre dientes.

—No entiendo. No *capish*.

—*Faccialo!*

—No *capish*.

—¡Dispara, vamos! *Ti maledico!*

El cabo Marson levantó la carabina y apuntó al pecho del otro.

—¿*Maledico*? —dijo.

—Visitar el infierno —dijo Angelo.

—Me estás mandando al infierno.

—*È bene che l'ebreo è morto.*

—Me parece que ya entiendo —dijo Marson. Ahora quería disparar. Notó la vibración del nervio, desde la muñeca hasta el dedo puesto sobre el gatillo.

—*Es bueno que el judío morir.*

Marson apuntó.

—Sí —dijo—. Cerdo.

—*Prega per noi peccatori, adesso e nell'ora della nostra morte. Amen.* —El viejo hablaba ahora más deprisa, los ojos desorbitados, frenéticos, rebosantes de odio.

Marson comprendió que se había puesto a rezar otra vez. Dijo:

—Tú estuviste en Washington, DC.

—*Che cosa.* —El viejo, con la cabeza gacha, trataba de dominarse.

—Viste Nueva York —dijo Marson.

—Nueva York, sí. Washington. —Sus ojos manifestaron algo parecido a una esperanza—. Me gusta.

—Católico.

—Sí.

—Tú.

El viejo no dijo nada. Marson le miró. Hubo un momento en que pensó que iban a ponerse a hablar en otro idioma; algo pasó entre ellos, una suerte de tácito reconocimiento de lo que había sido todo esto, de que el viejo era en verdad católico. Además de fascista.

—Fascista —dijo Marson.

Y, de nuevo, la oración.

—*Madre di Dio...*

Marson miró una vez más hacia la carretera y bajó el cañón de la carabina.

—*Via* —dijo—. Lárgate. No quiero verte más.

Angelo le miró. Ahora los ojos oscuros eran inescrutables. El agua corría por su rostro arrugado. No se movió. Seguía murmurando la oración.

—Andando —dijo Marson—. Vete. Huye.

—*Santa Maria, madre di Dio...*

—Maldita sea —dijo Marson, en voz baja—. *Via! Via!*

El viejo se levantó despacio, débilmente, como si las piernas apenas pudieran sostenerlo. Su cara seguía contorsionada con aquel visaje desafiante y la certeza de que estaba a punto de morir. Pero en seguida empezó a suplicar, llorando y tendiendo hacia el otro sus esqueléticas manos. Marson experimentó una violenta oleada de rabia, una especie de repulsión ante la actitud abyecta del viejo, por ser lo que era, aquella su patética figura, las arrugas y las llagas, la solidez de su cuerpo, huesos y sangre y carne con sus secreciones, los ojos que suplicaban, y el odio de siglos dentro de él, y el llanto —que no cesaba—, lluvia y lágrimas en el rostro ajado, con las arrugas idénticas encima de las cejas. Exhausto y vacío, Marson alzó el cañón de la carabina y dijo, una vez más: «*Via*». Sintió de nuevo el apremio de disparar: vamos, hazlo ya. Dispara. Sólo sería un fascista más. Bien podía tratarse del propio demonio.

El viejo dio media vuelta, avanzó un paso, cayó de nuevo de rodillas.

Marson fue hasta él y apoyó el cañón del arma en la base del cráneo del viejo. Tenía órdenes de hacerlo. El otro no dejaba de rezar, y Marson dijo de nuevo: «Maldita sea. *Via! Via!*». Lo agarró por la capa e hizo que se levantara, después le indicó por gestos que se marchara de allí y disparó contra el suelo mojado. Una vez. El viejo dio un salto y cayó de nuevo al suelo, tapándose la cara. El cabo sentía unas ansias tremendas de acabar de una vez, y ahora él también lloraba.

—*Via*, maldito viejo. Lárgate. Vete ya.

Por fin, Angelo pareció comprender. Llorando y haciendo reverencias, se enderezó y dio unos pasos hacia atrás: no era más que un viejo que había intentado valerse de los dos bandos para seguir siendo lo que, sin él saberlo, había sido durante toda su vida. Se alejó por el sendero y al llegar al recodo del río aún seguía mirando hacia atrás, aún seguía rezando. Marson se sentó en mitad del camino, apoyó el rifle de través sobre sus rodillas y se llevó las manos a la cara.

—Dios te salve, María —dijo—. Llena eres de gracia. El Señor es contigo. —Pero no fue capaz de recordar más.

Lloró un poco al pensar en lo que había estado a punto de hacer, en lo que ya había hecho, al pensar también en Asch y los otros. Asch estaba muerto. Y Glick lo mismo. La guerra había dado cuenta de él. Ya no había que dar parte, no había nada que hacer ni que decir al respecto. Miró hacia donde el viejo se había marchado. Angelo, el católico fascista, había sobrevivido a la noche. Era un anciano en medio de una guerra y del lado perdedor. Robert Marson lo había dejado ir. Poco podía hacer un italiano de setenta años para cambiar el curso de la guerra. Y quizá algo o alguien lo mataría, pero Robert Marson, con domicilio en el número 1236 de Keirney Street, Washington, DC, no lo había hecho.

Era de día. La luz se desparramaba por un cielo bajo. El cabo se puso de pie y echó a andar. Justo antes de tener a la vista la carretera, y el resto de la tropa, se detuvo. Notó que algo le subía por dentro. La lluvia arreciaba; ya no hacía viento. Las nubes empezaban a dejar huecos por donde el sol tal vez luciría, tal vez no. Se percató de que no sonaban disparos; el río discurría con su rumor continuo. Esperó, respirando despacio.

Era paz. Era el mundo mismo, agua lamiendo la ribera después de las tormentas, la nieve, la lluvia invernal. Casi se sentía a gusto. Pensó en casa, y esta vez pudo ver el edificio y también la calle y las personas. Había hallado el camino para visualizarlo de nuevo. Por un momento, le pareció posible quedarse junto al río, sin más. Deseó quedarse. Se le ocurrió pensar que jamás había deseado nada con tanto ahínco. Sería absolutamente sencillo. Se tumbaría en el suelo y dejaría que la guerra siguiera su curso, sin él, y cuando terminara y ya no hubiera más mortandad, se levantaría y se marcharía a casa. Pensó en seguir la dirección que había llevado el viejo, buscar otro sitio cualquiera. Lejos.

Giró sobre sí mismo y miró la hierba, las rocas, el río, el cielo siempre lluvioso con sus jirones y sus rotos, la brillante corteza de los árboles mojados a su alrededor. No le venía ninguna oración a la cabeza, pero experimentaba cada instante como una especie de adoración.

Pasado ese momento, la sensación se desvaneció, como el aliento.

Le dolía mucho el pie. Seguramente lo tenía infectado. Levantando la cara hacia la lluvia, emitió como un jadeo, un sollozo breve, y luego fue como si estuviera profiriendo un grito silencioso, allí de pie, aterido, inmóvil en actitud de gritar, la cabeza vuelta hacia lo alto, abierta la boca. No salió ningún sonido. Sólo había el temblor de los músculos tensos, de los ojos fuertemente cerrados. La lluvia golpeaba su cara, y cuando los músculos de la mandíbula se hubieron relajado, mantuvo la boca abierta y bebió. No podía creer lo sediento que estaba. Cuando la boca se llenó de agua, tragó; estaba helada. Dejó que se llenara otra vez y volvió a tragar.

Miró de nuevo a su alrededor. La lluvia había dibujado un reguero en la maraña de un zarzal, un brillo de plata que descendía hasta el fango del sendero. El agua era muy transparente y muy limpia.

Se echó la carabina al hombro y regresó despacio a la guerra.